元邪神って本当ですか!? 4

万能ギルド職員の業務日誌

A L P H A L I G H T

紫南
Shinan

アルファライト文庫

ダンゴ
迷宮を管理する精霊。
パックン同様、
コウヤの元眷属で
今は従魔に。
古代人の赤子
かつて滅(ほろ)びた
種族の生き残り。
コウヤが卵から
孵(かえ)した。
パックン
何でも収集する
ミミック。
神様時代の
コウヤの眷属(けんぞく)で、
現在は従魔(じゅうま)。
コウヤ
辺境(へんきょう)ユースールの
冒険者ギルドで働く、
邪神の前世を持つ少年。
今の仕事が大好き。
ルディエ
聖魔神の神子(みこ)。
以前は伝説の
暗殺者だった。
登場人物紹介

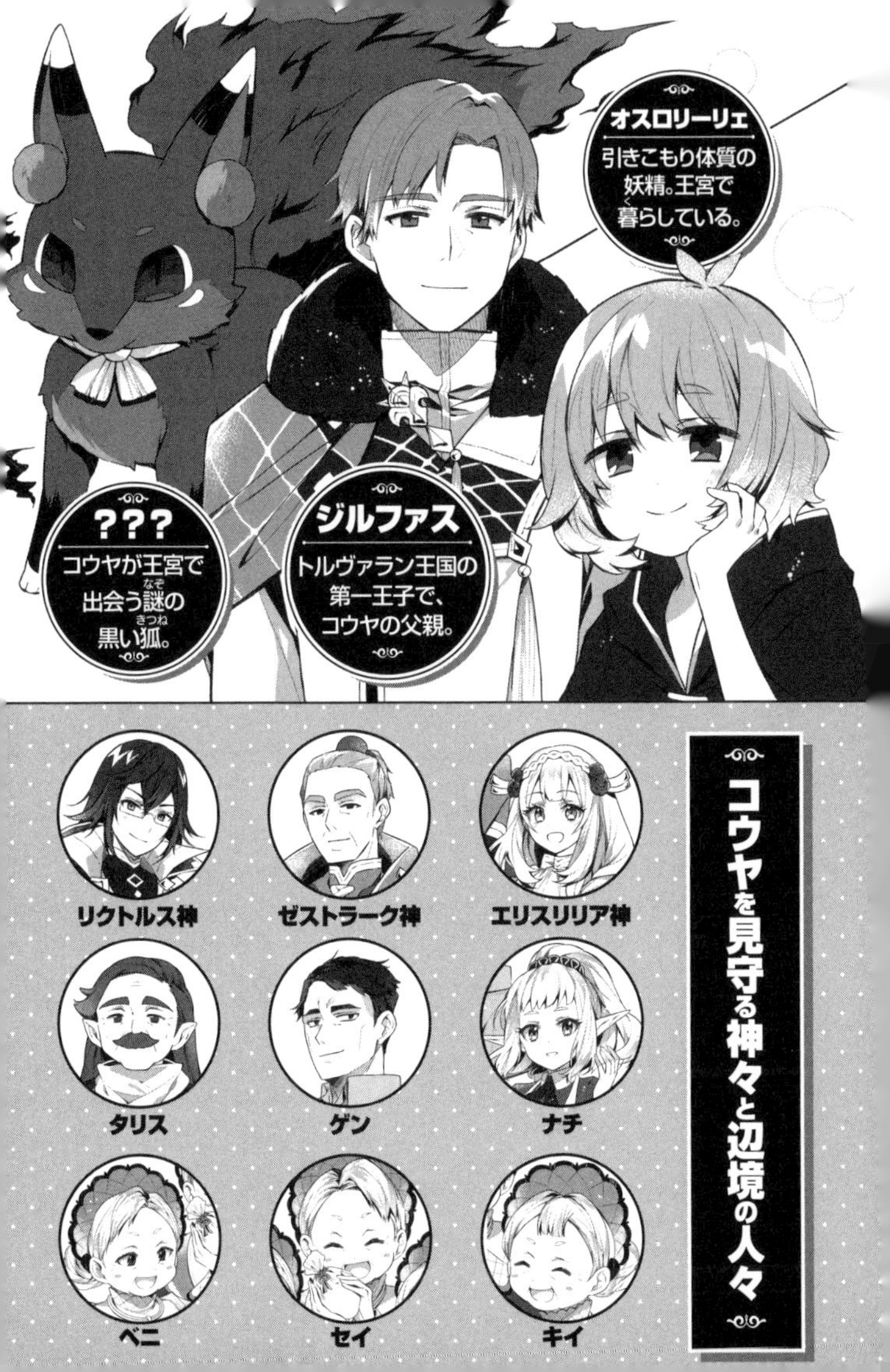

オスロリーリエ

引きこもり体質の妖精。王宮で暮らしている。

ジルファス

トルヴァラン王国の第一王子で、コウヤの父親。

???

コウヤが王宮で出会う謎の黒い狐。

コウヤを見守る神々と辺境の人々

特筆事項①　タマゴを温めることになりました。

大陸の北にある国トルヴァラン。この国の王は、難しい病に長く侵されていた。それを治療する薬を得るため、第一王子は宮廷薬師達を連れて、国の最も北に位置する辺境伯の治める町、ユースールへと向かった。

ここで薬師達は治療に必要となる技術と多くの知識を得て、同じくこの地で多くを学んだ王子と騎士達と共に王都へと戻っていった。

それから数日後、ユースールの薬屋で、一人の少年が薬屋の主と話をしていた。

「ゲンさん。手紙にはなんて？」

「ああ。無事あっちでも薬が出来たとよ。順調らしい」

王都から冒険者ギルド経由で送られてきた薬師達の手紙。それを彼らの師匠であり、このユースール一の薬師でもあるゲンへと手渡したのは、この少年――ギルド職員のコウヤだった。

コウヤはゲンの返事を聞いて顔を綻ばせる。

「よかったっ。じゃあ、明日にでもテルザさんを送っていかないとね」

「まあ、そうだな。そんなこと言ったら、あの爺さんは泣きそうだが」

「なんか、たった数日なのに馴染んじゃったもんね。子ども達も寂しがるかな」

「あの頑固なじじいがね……まったく、司教様達には敵わんな」

「ふふっ。自慢のばばさま達だからね」

コウヤは晴れやかに笑いながらゲンの薬屋を出ると、教会へと向かった。

紫がかった銀の髪に、一瞬少女かと思うほど可愛らしい顔つき。生き生きと輝く宝石のような紫の瞳のこの少年は、かつて邪神として討たれたこの世界の神の一柱——魔工神コウルリーヤの生まれ変わりだ。地球に一度転生した後、再び生まれ変わり、この世界に帰ってきた。今世では、冒険者ギルドの職員としてこのユースールで働いている。

教会に向かうと、その入り口の前で一人の少年に出会う。コウヤが来るのを待っていたようだ。

「こんにちは。ルー君。もしかして、待っててくれたの?」

コウヤに真っ直ぐに見つめられ、照れたように頬を赤らめて目を逸らす十歳頃の見た目の彼は、名をルディエという。

このユースールで立ち上げられた、コウルリーヤを含めた四柱の神を信仰する『聖魔教』の神子だ。実年齢は三百を下らない。けれど、見た目通りの少し素直になれない少年だった。

ルディエはコウヤから目を逸らしたまま言う。

「っ、べ、別にっ、そのっ……手紙来てるって聞いたから……っ」

「そっか。なら、一緒に説明に行く？」

「行く……」

彼は長年、この大陸で勢力を伸ばしている宗教国家、神教国の神官達を密かに葬ってきた『神官殺し』だ。その仲間達も含めて、情報収集能力は高い。今回も、何の手紙が来たのか知っていた。

コウヤとルディエが並んで向かうのは、教会に併設された孤児院。入り口には守衛として、引退兵のお爺さん達が控えている。ずっと門番をしていたベテランを雇用したため、誰が中に入ったかもしっかりチェックしてくれる。頼もし過ぎる守衛だ。

孤児院の設計はコウヤがほとんどしており、保育園と小学校が合わさったような造りだ。子どもの年齢によって部屋が分けられ、七歳よりも下の子達は一階に集まっている。職員室はその隣だ。

「こんにちは～」

「おや、コウヤとルディか。どうしたんだい」

「セイばあさまも来てたんだね。今日は、テルザさんの帰る日を伝えようと思って」

部屋には、職員である神官達数人と宮廷薬師長のテルザ・ワイズ、それと教会の司祭のセイがいた。この孤児院では神官服とは色の違う緑の服が支給されており、テルザやセイもその色の服を着ている。

帰ると言われたからか、テルザは落ち込んだ様子を見せた。彼はついこの間まで、宮廷薬師長として傲慢に人の上に立ってきた人だった。しかし、この地でセイやその姉妹のべニ達によって価値観などを打ち砕かれ、今やすっかり気の良いお爺ちゃんになっている。

「わ、私は……」

ここでの暮らしが気に入ったらしいテルザは、王宮に戻ることを渋った。

「帰らないってのはなしだよ。立場があるんだから、せめて後任とかをしっかり指名してもらわないと。ここじゃなければ死んだことにしてやっても良かったんだけどね」

ルディエは正直だ。テルザがここへ第一王子と来たのは王宮にも知られている。それが行方不明になれば、要らぬ憶測を生むだろう。

情報操作も問題なくできるルディエだが、コウヤにも迷惑がかかるのは目に見えていたので、今回は実行しなかった。

「ルー君。国に関係することは、手間でもちゃんと手続きしないとダメだよ。ルー君が疑われるのは困るしね」

ルディエは、コウヤが自分を心配してくれたことに感動して口を閉じた。

　コウヤはテルザに話を向ける。

「それに、あなただって後任とかしっかりしたいでしょう？　五日後にお送りしますから、用意をお願いしますね」

「……分かりました……その……セイ殿……」

「うむ。平穏に隠居できる者でも、最期には周りに世話させて若い者に迷惑をかけるでな。動けるうちは、なるべく迷惑かけんようにせなあかんよ」

「……承知しました……コウヤ殿、お手間を取らせて申し訳ありませんが、お願いいたします」

「はいっ」

　彼は、ここで子ども達に読み書きを教えるのが楽しかったらしい。子ども達の裏表のない言葉や振る舞いは、彼に忘れていた笑みを浮かべさせた。素直に慕われることの喜びや、肩の力を抜いて笑いながら過ごせる日々が、とてつもなく尊いものに感じられたようだ。

「ちゃんと後任を決めたら、ここに帰って来てもいいんです。子ども達も待っててくれますよ」

「っ、ありがとうございます」

　生きがいを見つけた人というのは、いくつであっても輝くものだなとコウヤは笑みを浮かべた。

◆　◆　◆

それからテルザを無事に王都へ送り届け、三ヶ月が経った。

コウヤは、この日も相変わらず、元気にギルドの仕事をこなしていた。

「お次の方どうぞ～」

「お、お願いします」

「はい。お預かりします」

やって来たのは元『イストラの剣』のケルトだ。彼は仲間二人が捕らえられて以来、この町で活動していた。彼から差し出された依頼用紙とギルドカードを受け取り、コウヤは依頼受注手続きを始める。

「受注完了です。お待たせしました」

「ありがとうございます」

カードを受け取り、ケルトは小さく頭を下げる。彼が去る前にと、コウヤは声をかけた。

「ケルトさん。そろそろ昇格試験を受けてみませんか？」

「え……試験……ですか？」

「はい。昇格試験は分かりますよね」

「それは……はい」

　冒険者ギルドでは、Dランクに昇格する時から昇格試験というものを受ける必要がある。ギルドから指定された依頼を数個こなすのだ。その時には、試験官としてギルド職員か冒険者が付き添うことになる。実力が本当にあるのかどうかを判断するためだ。これは冒険者の生存率を上げることにも繋がる。数だけこなせば昇格できるのはEランクまでとなっていた。

　ケルトはかつてCランクだったが、仲間の起こした事件の責任を問われ、Dランクに降格となっていた。

「以前、Cランクに上がる時には討伐、採取、護衛の三つを一つずつ受けてもらったと思います」

　ランクによって受けてもらう依頼の数は違ってくる。上のランクになってくると、一度の依頼では測り切れないものもあるということだ。

「降格から復帰する場合は、少し回数が増えます。一年以内に討伐、採取を各三回。配達と護衛を一回。討伐と採取については、各一回を他のギルド支部で受けてもらうことになります」

　降格した者というのは、反省することを強要される。当然だが、上のランクの者が降格するような行いをした場合は、それだけ復帰する時にノルマが増える。

「でも、早くありませんか……まだ降格してから一年も経っていませんし……」

試験を受けても良いと判断されるのにも時間がかかる。それまでの依頼達成率などからギルド側で判断されるのだが、降格した者は当然印象が悪い。そのため、充分に依頼を達成していたとしても、一年、二年昇格許可が下りない場合は多かった。

「降格処分を受ける前に、ケルトさんは俺に『ランク査定、お願いします』と頭を下げて言いましたよね。そのことから、きちんと自分を見つめ直せる人だと判断しました。これまでの姿勢でもそれは確認できています。納得できずにいる人は時間がかかりますけど、あなたは違いましたからね」

「っ……ありがとうございます」

「ふふっ。受験許可を出しましたので、後はケルトさんが受ける日を決めてください。あちらにあるサポート窓口に、都合の良いタイミングで来てくだされば対応できますので」

「はいっ」

「それでは、お気を付けて行ってらっしゃい」

「行ってきます」

ケルトはギルドを意気揚々と出て行った。そこへ、書類を抱えた職員のマイルズがやって来る。

「先ほど言っていた『サポート窓口』って何ですか？　他の支部にはなかったと思うんで

すけど」

「ん？　ああ。俺がお願いして作ってもらったものなんで、ないでしょうね。昇格試験と冒険者の方々の生活についての相談窓口です。マリーちゃんとは会っていませんか？」

「マ、マリーちゃん？」

首を傾げるマイルズを見て、コウヤはそういえばと思う。

「あ、そっか。マリーちゃん……うん。そろそろマイルズさん達の気配も覚えたと思いますし。あなた方もこの場に慣れたでしょうから、会ってみます？」

「……はい？」


コウヤは早速、昼休憩の時に、サポート窓口に続く部屋へマイルズ、同じく同僚のフラン、セイラを伴ってやって来た。

「こんにちは～。マリーちゃん、異動してきた職員さん達を連れてきました～」

コウヤがノックをしながらそう扉の向こうに伝えると、ゆっくり扉が開いた。

《あ、おにいちゃ～んっ》

飛び出して来たのは小さな女の子だった。身長がコウヤの胸辺りまでしかない、ルディエと同じくらいの年齢だ。しかし、決定的に気配が違う。それに気付いて口にしたのはフランだった。

「っ、まさか……人じゃない？」

《凄ぉいっ。一度で分かる人って珍しいんだよ？》

その言葉と共に、マリーはコウヤから離れてフワリと身を翻す。すると、次の瞬間にはフラン達と同じくらいの年齢になった艶やかな女性がいた。

《ふふ。改めてこんにちは。この地を守護する妖精、マリーファルニェよ。この地に住まう者達は全てわたくしの可愛い子ども。新しくわたくしの子どもとなったあなた達を歓迎するわ♪》

本来の姿となったマリーファルニェは、纏ったドレスの裾をつまんで可憐に笑って見せた。

彼女に連れられ、コウヤとマイルズ達は事務用の小さな面談室を抜けると、奥の部屋へ通される。コウヤ達がそこに並べられた椅子に腰掛けると、マリーファルニェは昔語りを始めた。

マリーファルニェはコウヤがこの世界に転生する前から、このギルドがある場所にいた。最初はただの妖精であった彼女。しかし、人が多く出入りするこの場所に惹きつけられたのだ。

《あれは何百年前かしら……ここに町が出来てすぐだったわ。何もかもを一度は諦めて、それでも生きなくてはと思い留まった子達が集まって来たの》

当時の彼女は、時折少女の姿で顕現しては、少しずつ人々の心を慰めていた。

《みんな『小さな女神』だってわたくしのことを呼ぶようになったわ。それが力になって上位種である守護妖精になったの♪　でも、気味悪がる子っているのよね》

突然現れて、ふっと消える少女。そんな理解できない存在を怖いと思うのはおかしなことではない。人の防衛本能のようなものだ。

《コウヤお兄ちゃんが来た時には、そういう子達に追い立てられてボロボロだったわ。けど、コウヤお兄ちゃんは地下に逃げ込んでたそんなわたくしを見つけて、ここで役職を用意してくれたの☆》

「いやあ、俺だけではフォローし切れないから、人手を探しててね。やっぱり、冒険者は男の人が多いし、カウンセラーは美人な女の人がいいですよねっ」

《美人？　ホント？　コウヤお兄ちゃん、お嫁さんにしてくれる⁉　いつでもいいよ‼》

「落ち着こうね？」

興奮気味に迫ってくるマリーファルニェを、コウヤは手で制する。いつものことだ。

「それにしても……よく前ギルドマスター達が許しましたね」

セイラがもっともな疑問を口にする。

「こんなにも綺麗な妖精なんて……あの人達がちょっかいを出しそうですよ？」

《ん？　ああ。あの出来の悪い子達のことね。何度かここに来たけど、軽くお仕置きして

やったわ。それからわたくしのこと、悪魔だとか言って避けてたわね～》

「そんなことをして、よくギルドを追い出されなかったですねえ」

フランが首を傾げていた。前ギルドマスターが支配していた頃、ここはそういう理不尽なこともまかり通る所だった。

《わたくしのことが怖かったんでしょう》

「マリーちゃんの仕事振りが役に立ってたからだよ。ほら、職員の方の相談も受けてくれたでしょう？　それで仕事がしっかり回るようになったからね」

《女性が怖いって言う子や、本部怖いって言う子や、一人になりたいって泣いてた子達のこと？》

なるほど、とマイルズ達はとある職員達を思い浮かべて頷いた。マリーファルニェは彼らのカウンセラーでもあったのだ。

「結果を出せば、あの人達も文句言いながらも放置だったから」

《確かに、冒険者の子達の試験のサポートとかで、わたくしってば役に立ちまくってるものね♪》

「はい。助かってます」

《わぁいっ。お兄ちゃんに褒められた～♪》

マリーファルニェは喜びながらまた少女の姿になってコウヤにまとわり付く。そんな様子を見てから、マイルズは部屋へと視線を動かす。

「それにしても……ここ、建物の中のはずですよね？」

この奥の部屋へ案内され、椅子を勧められて昔語りが始まるまで、マイルズ、フラン、セイラは忙しなく周りを見回していた。その理由は、部屋の内装にある。

「建物の中に空は普通、ないです……」

「泉と川、滝もあり得ないです……」

「森があって、床は草原とか……さっき蝶と鳥を見ましたよ？」

明らかな異空間が広がっていたのだ。

《あ、ここまで招くのは、わたくしを妖精って知った子達だけよ？　ここは癒しの空間なの》

『だけ』とは言ったが、ここのギルドの職員はほとんどが知っており、時折訪ねてくる。

そんな一人がこの人だ。

「あれぇ？　珍しく出てこないと思ったら、コウヤちゃんが来てたんだね」

《おじいちゃん！　いらっしゃ～い》

「うん。お邪魔するね。そんで、お昼寝させて？　もう、老人を大事にしなさ過ぎだよ、あの秘書」

このユースールのギルドマスターで、数年前までは、大陸中に広がる全ての冒険者ギルドを統括するグランドマスターだったタリス・ヴィットだ。

《エルテちゃん出かけてるんだっけ》

エルテというのは、タリスの秘書の名だ。

「そうっ。だから三時間くらい寝させて～」

《いいよー♪　三時間ね。エルテちゃんに用意されてる宿題が、その後二時間本気でやれば終わる量だもんね☆》

「バレてるし！　もうっ、もういいもんっ。ふて寝しちゃる！」

お茶目な彼は、そう言って森の奥に消えて行った。

「あの奥に寝る場所が？」

マイルズの質問に、コウヤがクスクス笑う。

「ええ。ちょっとした仮眠室です。コテージもあるんですけど、ハンモックがいくつかあって、そこでマスターは寝るんだと思います。皆さんも、ここの仮眠室、これから使ってくださいね」

《いつ来てもいいわよ～☆　わたくしは基本寝ないから、いつでも起こしてあげる♪》

「なんて至れり尽くせりな……」

こうして、少々の衝撃はあったが、三人への紹介は終わった。

マイルズ達が先に出て行くのを確認して、コウヤはマリーファルニェに伝えておく。

「近々、昇格試験を受ける人が来るから、よろしくね。資料はこの後用意して持ってくる」

《は～い♪　そういえば、お兄ちゃん、王都に行く予定ってある？》

「何か見えたの？」

守護妖精である彼女は、守護する者達の未来を時折見ることがあるのだそうだ。

《お兄ちゃんが王都に向かうところと、何かそこで黒い影と向き合ってるのをね。気を付けてよ？》

「そう……心配してくれてありがとう」

《えへへ。あとっ、パックンちゃんの中身、確認した方がいいよー♪　イヌネコならいいんだけど、ちょっとなんか違う感じのを拾ってるっぽい☆》

「……了解……」

こういう情報は、まとめてじゃなくて小出しにして欲しいなと思うコウヤだった。

コウヤは仕事が終わってすぐ、今日は一日薬屋にいることになっていたパックンの確認に走った。パックンは魔工神時代からコウヤの傍にいる、眷属のミミックだ。

「パックン。何かおかしな物を拾ったってマリーちゃんに聞いたんだけど？」

《(・・?)》

製薬作業台の上にいるパックンを少し見下ろすようにして問い詰めたのだが、蓋の部分に顔文字を表示してキョトンとするばかりだった。

「自覚のないものなんだね？」

《いっぱいあるし(｡-_-｡)》

これは仕方がないとため息をつく。同じ部屋で調薬をしながら見ていた薬師のナチが苦笑する。

「そこで、コウヤ様が仕方ないと呆れて終わりにしてしまうからいけないのではないかと……」

「あ、そっかあ……うん。いつもこんな感じで、結局中身確認してないや……」

何度も確認をと思ってはいても、それに至らなかったのはこのせいかとコウヤも自覚した。

《み、見るの？》

「う〜ん……昔はそれほど量も入らなかったから、適当な倉庫で端から出して確認してたけど……」

ゆっくりと屈み込むようにしてパックンと目線（？）を合わせる。

「……パックン、またレベル上がってない？」

《ちょっと？(¯∀¯)》

鑑定で確認すると、色々とスキルも上がっているし、称号も増えている。そして、何よりも見逃せないスキルが一つあった。

「パックン……『収集癖』ってスキルが出来ちゃってるんだけど？　昔っからその癖はあったのに、スキルにまでなるって……その上、熟練度が四つ上の【越】って……」

スキルにまでなるほどの収集癖って何だろうと、思わず遠い所を見てしまう。

《まだまだ極められる!!(≧∀≦)》

「……これ以上？」

さすがに、いつも自重を知らないコウヤでも絶句するしかなかった。

そこに、ずっとパックンの隣で丸くなりながら何やら考え込んでいたもう一体の眷属──迷宮を作り出す妖精で、小さなハリネズミのような姿のダンゴが立ち上がった。

《パックン、アレでしゅ。二日前に拾った石でしゅ》

ダンゴは、マリーファルニェのことも知っている。彼女が感知したということから考えて、当たりをつけたらしい。

《石？　ああ、タマゴ型の石ね》

パックンがパカっと口──蓋とも言う──を開けると、ヒョイっとそこから石が飛び出してきた。ゴトっと机の上に載ったそれは、確かにタマゴ型の石だ。拳よりも二、三回りくらい大きい。マリンブルーの美しい石だった。

《これ、何か分からないの(￣^￣)》

「鑑定スキルあるのに？」

先ほどのコウヤの鑑定では、パックンは鑑定スキルを新たに習得していた。しかも熟練度は【極】。鑑定所での経験が良かったのだろう。しかし、そんなパックンでも理解できないという。

「鑑定【極】でも無理って……隠蔽がかかってるようにも見えないけど……」

コウヤは石を見つめて、世界管理者権限のスキルを発動させる。コウヤの鑑定スキルは、これに統合されているのだ。まず看破できないものはない。

名前……なし
種族……飛天翼族（タマゴ）
レベル……0
魔力属性……聖2、邪2、空1、無1
スキル・称号……前世界種族最後の生き残り、狭間を旅した者

これは分からなくて当然だ。この世界に現在、該当する物はないのだから。

「……まさか、この世界の再生前に生きていた種族の生き残りなんて……」

驚いたことに、前任の神が滅ぼした世界で生きていた種族の生き残りだった。

「これは俺の手に余るかも……ちょっと、教会に行くよ」

《珍しいものなの!? (´⊙ω⊙`)》

「そうだね……」

《やった～!! o(^▽^)o》

パックンは嬉しそうだ。ナチは聞かない方が良さそうだと思ったのか、既に距離を置いていたので、コウヤの呟きは聞こえなかったらしい。賢明な判断だ。

「お邪魔しました」

「いえ。何かありましたら、遠慮なく仰ってください」

先日のことだが、ナチは自分のステータスの職業欄から、『邪神？　の巫女』の文字が消えていることに気付いたという。元々、彼女個人の称号ではなく、職業としての巫女だった。血筋として受け継いでいた役目だったらしい。

『巫女ではなくなりましたが、それでもコウヤ様のお力になりたいです』

そう告げたナチの目は真剣だった。そして今度は、薬師の頂点に立ってみせると、意気込んでいる。現在、着々と薬師としての力を付けているところだ。

ナチに見送られて薬屋を出ると、コウヤはパックンとダンゴを連れて教会に向かう。タマゴはコウヤが持っていくことにした。

その道すがら、これをどこで拾ったのかパックンに尋ねた。ベルトにくっ付いたパックンの蓋に表示される言葉は見えなくても、体に触れているためにその意思は正確に伝わってくる。

《どこだっけ？　あ、ペンとか出る迷宮の近くの祠で拾った》

「書架の迷宮の近くに祠なんてあったかな……」

書架の迷宮では紙や筆記具が手に入るため、コウヤも『ちょっと買い物に』という感覚でよく出かけるのだが、その途中で思い当たる場所はなかった。すると、パックンの上にいたダンゴが肩に飛び乗ってきた。

《凄く古い石で出来た祠でしゅけど、小さ過ぎて、人は入れないでしゅ》

ダンゴは余裕だが、パックンは今のサイズだと入るのが難しい入り口だったらしい。

パックンは伸縮自在なので、小さくなって入ったというわけだ。

《なんかキラキラしてた(*´ω`*)》

「それに誘われて入ったと……パックン、変な罠にはまったりしないでね？」

《罠ごといただくから大丈夫(๑>◡<)》

「過信しないように」

《(￣^￣)ゞ》

コウヤはちょっと心配だ。罠にはまった場合、飛んできたものや出てきたものは全て『パックン』して体内に取り込む気なのは分かる。だが、落とし穴や捕獲道具などだったらどうするつもりなのか。コウヤが内心で呆れながらも教会に着くと、すぐに意識が神界へ移動した。

神界は文字通り神が住まう場所。コウヤにとっては家族といえる、三人の神が暮らす世界だ。

「あれ？　どうしたの？」

いつもは嬉しそうに出迎えてくれる三人の神達。しかし、今日は慌ただしそうに動いていた。

「ちょっ、ちょっと待っててねっ、コウヤちゃんっ」

「コウヤ君は、そこでちょっと休憩しててっ」

「これは削除されているのか？」

三人は、中央にある大きなテーブルを囲んで何やら操作、確認している。まるでそれは、コウヤが地球にいた頃にSF映画かアニメで観た、未来の司令室の風景だ。画面が空中に現れ、パソコンのようにキーボードでそれを操作する。いつもお茶をする小さなテーブルは隅に避けられていた。

コウヤは三人の後ろからテーブルを覗（のぞ）き込む。

「見てもいい？」

「ああ……というか、コウヤの方が得意か？」

「「あっ」」

「もしかして、データの復元？　これって、前任の……なるほどね。うん。やっていいならやるよ？」

「「っ、頼んだっ」」

「は〜い」

久し振りに打つキーボードに少し感動しながら、コウヤは今度タイプライターでも作ろうかなと思った。カシャカシャと音がするのが楽しいだろう。復元、呼び出し作業には五分かかった。猛然（もうぜん）とキーボードを叩いてちょっと気持ちがいい。ただ、さすがに目が疲れた。

「ふぃ〜。できたよ〜」

「助かった。では、こちらで確認できるまで休憩していなさい」

「あ、私がお茶淹（い）れてあげるわ」

愛と再生の女神であるエリスリリアと共に端のテーブルに移動し、一服していると、全ての確認が終わって、戦いと死の神リクトルスと、創造（そうぞう）と技巧（ぎこう）の神ゼストラークがやって来た。

「お待たせ、コウヤ君」

「すまんな……こちらでも全く把握できていないものだったのだ……」

彼らが何についてのデータを復元して調べていたのかは明白だ。

「あの飛天翼族のタマゴだよね。最後の生き残りというのは間違いないみたいだったけど」

ステータスの称号欄にそうあったのだから、これは正確なはずだった。

「そうだな……あれは、本当にまだ生まれる前の状態で時を止めていたようだ」

かつてゼストラークがこの世界を生み出す前に、別の神がある世界を管理していた。その前任の神は、紆余曲折の末にその世界を滅ぼしてしまった。

あのタマゴはそれを守っていた祠ごと、奇跡的に世界の崩壊時に消滅することなく、次元の狭間に落ちたらしい。

「祠の方を確認したけど、子どもを思う親の強い気持ちが結界の役割をしていたみたい。あれは親の命ごと結界魔法として組み込まれてるわね。魂の残滓があったわ」

あのタマゴの親は、結界を張ることを意図したわけではなく、崩壊する世界の中で自分達の命を懸けて守ろうとしたのだ。エリスリリアの報告を聞きながらもリクトルスは、思い出したように空中に画面を出して何かを確認していた。そして、一つ頷く。

「どうやら、コウヤ君が転生して戻ってくる時に通した道に、狭間を彷徨っていたアレが乗ったみたいだね。それでこちら側に戻ってくることができたんだ」

「俺の……」

そんな偶然が、と驚いていると、エリスリリアは笑ってコウヤの頭を撫でてきた。

「ふふ。コウヤちゃんのことだから、無意識に助けようとしたんじゃないかしら。パックンが拾ってきたのも、偶然じゃないのかもね」

これに、リクトルスも賛同する。

「そうだね。コウヤ君、前に言ってたしね。飛天翼族も全部が全部滅びなくてはならないほど間違いを犯した者達ばかりではなかったはずだって」

人族や他の種族が今のように生きる世界で、飛天翼族は背にある翼で空を飛べる種族だった。だからなのだろうか。彼らはやがて神になり代わろうとした。

次第に傲慢になり、他種族を見下すようになった。地上を支配し、逆らう者は簡単に滅した。神の威光は届かず、自分達が至上の種族だとしたという。遂には地上に生きていた他種族を三分の二以上も滅ぼしてしまった。それが神の怒りに触れたのだ。怒り狂った神によって、この世界は一度消滅した。

けれど、コウヤは飛天翼族の全てを罪の子として滅してしまった結果には、納得できなかった。もっと手はなかったのかと考えてしまうのだ。

「コウヤ、どうする？　アレを憎んだ前任の神はもういないが、それでも世界を滅ぼす原因となった種族だ。滅する理由もあり、罰だとして狭間の空間に永遠に放逐することもできるぞ？」

ゼストラークは、真っ直ぐにコウヤを見つめていた。コウヤはこれにゆっくりと首を横に振る。

「生まれて来る子に罪はないよ。生まれたら俺がちゃんと育てる」

「……いいだろう。アレをこの世界の最古の種族として認めよう。ただし『飛天翼族』の名は変えなさい。天の意味を入れることは許さない」

「難しいこと言うね……分かった、考える」

たった一人の種族名。生まれるまでに決められるかなと悩み始めるコウヤだった。

コウヤは神界から戻って来ると、詳しいことは話せないが、とりあえずべニ達にタマゴのことは報告しようと教会の奥へ向かった。

いきなりコウヤが翼を持つ子どもを育て始めては、さすがに怒られそうだ。珍しい種の獣人の子だと言っても、長く生きてきたべニ達はそうではないと気付くだろう。

「おや。何か難しい顔をしておるなあ」

「分かる？　ちょっと見てほしいんだけど」

そうして、部屋にはコウヤの育ての親であり、この聖魔教会の司教、司祭である三つ子の老婆ベニ、キイ、セイとルディエが揃った。

席に着くと、コウヤはおもむろにテーブルにタマゴを置く。

「なんや、これは？」

ベニ達でも見たことがないのは当然だ。現在、この世界ではこのようなタマゴから生まれる種族はない。

「ドラゴンのタマゴでも拾ったのかや？」

キイも確信を持って言っているわけではないようだ。

「ドラゴンのタマゴはもっと大きいわ。それに、こんなに磨かれた石のようにツルリとはしておらんよ」

セイはドラゴンのタマゴとは違う表面の様子に、不思議そうにじっと見入っていた。

「……なんか、変な力を感じる……」

ルディエは先ほどから眉根をキツく寄せている。

「これは古代人種のタマゴでね……背中に羽の生えた種族が生まれるんだ。パックンが拾ったんだよ」

困った子だよねと少し笑って誤魔化す。すると全ての視線がパックンへ向いた。

『……手グセが悪うなっとるねえ』

《えへへ(๑>◡<)》

「「褒めとらんけどねえ……」」

パックンとしては、珍しくて良いものを拾ったという認識なのだろう。

「それにしても古代人種なあ……その状態で生きと……るんやねえ……」

それに生命力があることをしっかりと感じ取ったらしいベニは、少し感心しているようだった。羽の生えた人種など、もうこの世界には存在しない。世界中を旅して、様々な種族を見てきたベニ達も知らない人種だ。そんな存在があるのかと、純粋に驚いているらしい。

「奇跡的に、パックンの中みたいに長い間、時間が止まってる状態の場所にあったみたいでね」

「あれやね。封印されとったみたいなもんかね」

キイが納得していた。

「そうなるね。このタマゴ、周りの魔素を少しずつ取り込んで成長するみたい」

「親が傍におらんでも大丈夫だったわけかい。それはまた、薄情な親子関係もあったもんだ」

「そこはほら。人間の赤ちゃんだってずっと抱っこしてるわけじゃないでしょ？　それと同じだと思うよ」

こうしたタマゴには中々ないパターンだが、そういうこともあるのだろうと納得された。

「なるほどねえ。それで？　このタマゴ、どうするんだい？」

「持って歩くよ？　育てるって約束しちゃったしね」

「重くないんかい？」

石のようになっているので、重く見えたのだろう。

「そんなに重くないけど？」

「そうかい？　本当に？　どれ……っ、持てんが？」

ベニが持とうとしたが、持ち上がらなかった。

《それ、重いよ？(・・?)》

「え？　いや、あっても二、三キロくらいだと思うんだけど？」

しきりに首を傾げるコウヤを見て、ルディエも持ってみたのだが、無理だった。

「兄さん……これ百とまではいかないけど、六十とかあると思うよ……」

「え……」

そう言われて、コウヤはタマゴが重くなったのかと考えながら、慎重に持ち上げたのだが、軽々と持ち上がった。

「ほら。やっぱり軽いよ」

「「……コウヤが持って歩くべきやね」」

「兄さんしか持てないなら仕方ないね……」

手伝えないからと首を横に振られてしまった。支援してもらうのを諦め、『とりあえずは説明したからね』と言って、コウヤはタマゴを持って立ち上がる。

すると、セイから視線を感じてそちらへ目を向けた。

「どうかした？　セイばあさま」

「うむ……そろそろ孤児院の先生を迎えに行ってもらえるかい」

「先生って、あ、そうだね。三日後に休みがあるから、見てくるよ」

「頼むわ」

セイの言う先生とは、宮廷薬師長のテルザのことだ。彼はこの三ヶ月ほど、後任を決めるのに王都で奔走しているはずだ。全ては隠居してこの教会の隣にある孤児院で、正式に先生になるためだった。

「うん。ついでに王様の容態も確認してこようかな。予定だと、そろそろ快癒するはずだし」

「兄さん。なら僕も行く」

ルディエも同行すると決まり、二人で三日後に王都へ向かうことになった。

特筆事項② 王都へやって来ました。

王都へ行こうという日の朝。コウヤが家を出た所で、ルディエとセイが待ち構えていた。

「セイばあさま？ ルー君と俺の見送り……じゃないですよね？」

「ないぞ。わたしも行くわ」

どうも、セイはテルザを気にかけているようだ。いつの間にか師弟(してい)関係でも結(むす)んでいたのかなと思いながら、コウヤは町の外に向かって歩き出す。

「……兄さん……その背中のって……」

「手で持ってるわけにいかないから、こうやって前にも後ろにも持ち替えられるようにしてるんだ」

コウヤの背中には、タマゴの姿があった。

《入れたげるのに～い(^^)》

《それだと、いつまでも生まれないでしゅよ》

タマゴをまたパックンに入れては、時間が止まってしまうので意味がない。

なので、コウヤが持って歩かなくてはならないのだが、少々の衝撃では割れないとはいえ、常に持っているのはやはり難しい。

そこでコウヤが作ったのは、斜(なな)めがけにするショルダーバッグとベビースリング。ベビースリングは、斜めに肩がけする感じで、赤ちゃんを布で包むものだ。生まれてからも使えるように早めに用意した。なにしろ、いつ生まれるのか全く予想できないのだ。兆候(ちょうこう)があるかなどの資料もないので、用心のために早めに用意したというわけだ。

今回のように出かける場合はショルダーバッグにした。前にも後ろにも簡単に移動できるのが良い。

「なんかね。鞄(かばん)を持ち歩くっていうのが凄く新鮮(しんせん)なんだよね～」

「……兄さんはいつも手ぶらだもんね……」

「普段は大体パックンいるしね」

パックンは勝手にくっ付いてくれるので、本当に持っているという感覚がない。それにコウヤは亜空間収納(あくうかんしゅうのう)を使えるので、何かが必要になった時は、どこにいてもどんな状況でも取り出し自由だ。

それにより、鞄を持つという習慣をすっかり忘れ去っていた。

「でも、やっぱりこういう鞄とかいいなあ」

コウヤが地球にいた頃、ショルダーバッグを男性が斜めがけする流行(はや)りが始まった時には入院して、そのまま亡(な)くなったので、この鞄に実は憧(あこが)れがあった。

ルディエは興味深そうにじっとバッグを見つめる。

「それ……腰に付けるのより、後ろ前の移動が楽そう……」

腰に巻くタイプのバッグは前後に回す時、変にベルトに引っかかったり、服がよじれたりする。その点、これならば引っ張るだけ。横回転よりも容易だ。

「でしょ？　それに、腰に付けると意外と重心が偏って、動きにくかったりするんだよね」

「うん。いざという時に抱えられるのもいいね。それに、防具代わりにもなりそう」

「あ、そうだね。これにも防御の術はかけてあるよ」

さすがは未だ現役の暗殺者。よく考えている。今は背中の方にあるそれに触れてみて、なんとなく持ち上げてみたルディエは、あることに気付いた。

「ねえ、兄さん……これ、この前よりも重くなってない？　大きさは変わってなさそうだけど……」

「え？　そう？　そういえば……マリーちゃんに見せようと思って机に置いたら、机が壊れたなあ……」

マリーファルニェについ二日前に見せたのだが、机にタマゴを置いた途端にその机が大破したのだ。転がり落ちたタマゴを咄嗟に受け止めたのがコウヤで良かった。

「そっか、あれは重くなってたからなんだね。良かったぁ、他の場所に置かなくて。仕事中はずっとこうやって持ってたしね」

　やっぱりタマゴだという意識が強いので、温める必要がなくてもなるべく体から離さないようにしていたのが良かったようだ。家に帰ってからはすぐに鞄から出して、部屋の隅にクッションを敷き詰めた場所に置いていた。何気なくでも、机や椅子の上などに置かなかったので無事だったのだ。

「コウヤ……本当にそれは大丈夫なんか？　持っとる間に何か吸われてたりせんのかねえ」

　重さが変わるということは、何かを蓄えていっているということ。持っていかれているとすれば恐らく魔力だろうが、コウヤ本人にそんな感覚はない。

　だが、眷属達は、タマゴからコウヤの魔力がほんの少しだけ感じられるようになっていることに気付いていた。

《主さまから少しだけ漏れてる魔力は取り込んでるでしゅ……》

《うん。『傍にいると癒される感』が、確実に持ってかれてる！》

「へえ。そうだったの？　知らなかった」

　ダンゴとパックンは気になっていた。自分達の主人のものを勝手に持って行かれたくはない。

「なるほどねえ。まったく、どんな子が生まれるんだか……」

セイも少し不安になったようだ。そこで、少し思案していたルディエが一つ頷いた。

「兄さん、これが生まれるまで傍にいていい？　なんか心配」

「え？　いいけど。そんな悪いものじゃないんだし、大丈夫だよ？」

「僕も見極める。コウヤ兄さんのためにならないって分かったら、どうするか分からないけど……」

「殺しちゃダメだよ？」

「……」

この様子では、問題だと思ったら躊躇なく処理しそうだ。注意するように改めて声をかけておく。

「ルー君」

「……どうするか分からないから……」

気持ちは変わらないらしい。その意固地さがおかしくて、可愛くて、コウヤは思わずルディエの頭を撫でてしまう。

「仕方のない子だなあ」

「っ……ごめんなさい……」

「ふふ。まあ、俺を心配してくれてるんだもんね。でもちょっとは俺のことも信用して欲しいかな」

「……ん……」

そんな話をしながらも町を出て少し歩いた所で、今回はゆっくり行けば良いしとコウヤは『光飛行船エイ』を出す。因みにこれの船長はパックンだ。明らかにオーバーテクノロジーなそれを見たセイが呆れ顔で断言した。

「こんなものをヒョイヒョイ作って出す子を信用するのは難しいことだねぇ」

「……うん」

「え？」

ルディエは同意し、コウヤはそうかなと首を傾げていた。

ユースールを飛び立ち、遊覧飛行を一時間ほど続けた後、王都に到着した。飛行船エイから降りようとしたその時、タマゴが動いた気がしてコウヤはふと足を止める。

「ん？」

「どうかしたの？」

エイを止めたのは、王都近くの街道からかなり外れた場所。コウヤに続いてエイから降りようとしていたルディエが、何かあったのかと近付く。

足を止める前、少しだけタマゴから違和感を覚えた。しかし、意識してみても特に変わった感じはしない。

「う〜ん。いや、なんでもないよ。気のせいみたい」

この時はそれで片付けた。

光飛行船エイを誰にも見られないように収納したコウヤは、セイとルディエに挟まれながら、王都の外門に向かって街道に合流するように歩く。その時、ルディエが何かに気付いた。

「なんか、貴族の馬車が多い。召集がかかるような何かがあったのかも。先に行って確認してくる」

それを言うが早いか、ルディエは駆け出して行ってしまった。

「あの子はじっとしとれん子やねえ」

「ずっと色々考えながら生きてきたんだもの。気になったことをそのままにするのが不安なのかも」

「身を守るためか……そうかもしれんなあ。あの子がこれまで生き延びて来られたんも、そういう不安を不安のままにせんようにしてきたからかもしれん。哀れな子や……」

ルディエは多くの者を手にかけた。だが、それでも一度も捕まるようなことにならなかったのは、そういう気になったことを抜け目なく調べてから事に及んでいたためだろう。

殺してしまうほど嫌い、腹を立てていても、完全に非がない者には手を出さなかった。猟奇的に見えていても、下調べはきっちりしてから相手を選んでいたのだ。

かつての教え子が、そんな道を歩むしかなかった現状を、どうにもしてやれなかったことを、セイは少々気にしているようだった。

「……けど、今はああして、俺達の役に立とうと必死になってくれてる。だから、あながち悪いことばかりじゃなかったかなって思うよ」

「まあそうやね。何もできずに、ぼうっとつっ立っとるよかマシやね」

「生き生きしてるもんね。ちょっと前までは余裕なさそうだったけど、落ち着いたっていうか」

教会への復讐（ふくしゅう）だけの虚（むな）しい人生ではなかったと、今のルディエは証明しようとしている。コウヤやベニ達の傍にいても許される自分になろうと努力しているのが、コウヤ達には感じられていたのだ。

そのどこか必死に自分の立つ位置を決めようとしていた様子が、少し前から落ち着いた。これからどう生きていくべきか、ようやく答えが出たのだろう。

「あの子なあ、コウヤの生まれを知って自分がどうしたいか分かったみたいやね」

「俺の？」

第一王子ジルファスとの出会いによって、彼がコウヤの父であることが図（はか）らずも判明した。限られた人間だけがそれを知っているが、ルディエもその一人である。

「あれや。王宮に連れてかれるかもしれんと思って、不安になったんよ。コウヤがあの町を見捨てられんのは知っとっても、親が親やでねえ。何がどうなるか分からん。だで、連れてかれるようなことにならんように、常に動けるよう、対策はしとこう思ったみたいやね」

「対策って……情報収集ってこと？　だからルー君、隠密スキルをもっと上げるって……」

既に充分にレベルが高かったスキルを、更に上げようとしていたのを知っている。万全に、すぐに対応できるようにするために、ルディエは人族の枠を大きく超えて極めようとしていた。その理由が、コウヤの傍にいるためというのが健気だ。

「あの子のことや……真っ直ぐに王宮へ行って情報収集してくるんと違うかな」

「いや、さすがにそれは……」

警備の厳しい王宮にまで入ることはないだろう。コウヤは言葉を濁しながら王都の外門を通過する。王宮に向かって歩く道の中ほどでルディエが合流した。

「確認してきたよ。王宮から召集がかかってた。辺境伯もいたよ。兄さんが渡した不正の証拠の精査が終わったみたい。その公表と、関係者の処分を言い渡すつもりらしいね。表向きは緊急の召集ってことになってた。それと、王様は元気に執務室で怒鳴りながら捕縛の準備してたよ」

「「……そう……」」

ばっちり王宮まで行っていたのが判明した。

　数ヶ月前、コウヤは盗賊団『霧の狼』を討伐した。彼らは、元は貴族の三男や四男で、上級貴族が推進した悪法によって多くを奪われ、盗賊に身をやつしていた。そしていつか貴族達を告発しようと、数々の不正の証拠を集めてもいた。

　立場上、『霧の狼』を捕らえたコウヤだったが、彼らのやろうとした告発を引き継ぎ、嘆願書を辺境伯のレンスフィートに提出した。それは事情を知るジルファスに送られ、彼から国王に届けられたのだろう。

　貴族絡みの問題と聞いて、セイの表情が険しくなる。

「それはまあ……関わると面倒そうだからええわ。それより、テルザはどうしとるか分かるか？」

　今回の目的は引き継ぎが終わったはずのテルザの迎えだったと、コウヤも思い出す。

「あの人なら、荷物整理中。孤独に戦ってたよ」

「……どこにおる」

「王宮の自室。屋敷の方は片付いてるみたいだから、あとはそこだけだね。なんか、引き留めに来る貴族が召集でいないから、『今だ』って感じ」

　ルディエは本当に抜け目がなかった。

「近くを通ったついでに、迎えに来てることも伝えておいた。どこで待ち合わせる？」

「まだ荷物整理しとるんやね。なら……テルザ、屋敷を持っとると言ったね」

「うん。王都の結構端の方だったけど、そこにする？」

「その方が良さそうだね」

ならばそう伝えてくる、と言ったルディエが、離れる前に屋敷の場所を説明する。その間、コウヤは考えていた。そしてルディエが再び背を向けたところで、一つ頷く。

「パックン、テルザさんの片付け、手伝ってきてくれる？」

《いいよー》

パックンがルディエの腰にくっ付く。大きさもルディエに合わせて少し小さくなった。

「ルー君。ついでにユースールに来てた薬師さん達の様子も見てきて。困ってたら手伝ってやってね」

「分かった」

「よろしくね。行ってらっしゃい」

「い、行ってきますっ」

コウヤに頼まれたのが嬉しかったらしい。ルディエは照れた様子を見せながら駆け出した。その時、ルディエの腰に付いたパックンが抜かりなく《(`-´)ゞ》と表示していた。

セイは二人を見送りながらコウヤに尋ねる。

「なんや気になることでもあるんか？」

「実力的に、あの薬師さん達の誰かが後任の宮廷薬師長に指名されると思うんだけど、ゲンさんを慕ってる彼らは多分その話を断るからね。貴族が来ない今が引越しのチャンスって思ってるの、テルザさんだけじゃないかもってこと」

「なるほど……あやつらもここを出ていくと……そうなると、レンス殿は苦労しそうやね」

他からすれば、ユースールが有能な人材を引き抜いていくようにしか見えないだろう。辺境伯のレンスフィートが思わぬ非難を受けてしまうかもしれない。

「後でここにあるレンス様のお屋敷に顔を出しておこうかな……」

「それがええね」

王都にあるレンスフィートの屋敷にも行くことが決まった。

《ん～?》

一方、コウヤの胸ポケットに入っていたダンゴが何かを気にしていることには、誰も気付かなかった。

◆　◆　◆

コウヤ達がテルザの家に向かっているその頃。

王宮では、集められた貴族達の前にアビリス王が姿を現していた。

「しばらくぶりだ。皆には長く心配をかけた」

アビリス王が体調を崩して寝込んでいたことは、ここにいる貴族全員が分かっていた。こうして集められ、王の声を直接聞くのは何年ぶりのことか。それほどまでに久しくかったことだったのだ。

「今回、集まってもらったのは他でもない。まずは正式に次期王を発表しようと思う」

「「「っ、おおっ……」」」

ざわざわと空気が揺れるのは仕方のないこと。これまで正式な発表は慎重に見送られていたのだ。継承権の序列は発表されていても、指名とは違う。血や生まれによる継承権と、正式な次期王の発表は別なのだ。

実際に何代か前には、継承権第三位だった王子が多くの功績により、兄王子達を退けて王となっていた。だからこそ、現在の王宮も第一王子派と第二王子派で揉めているのだ。

今回は、長く王宮にいなかった王弟の姿もあり、貴族達は息を呑んでその発表を待った。

アビリス王が厳かに言い渡す。

「次期王は……第一王子であるジルファスを指名する。ジルファス。前に」

「はっ」

ようやくという安堵の表情を浮かべる者達と、悔しそうに顔を伏せる者達。そして納得だと頷く者など、様々な表情がジルファスの後ろに広がっていた。ジルファスはアビリス

王の前に跪く。

「ジルファス。これより、次期王としての自覚を持ち、国のため、民のために尽くせ」

「はっ。これまで以上に邁進して参ります」

「うむ……頼むぞ」

「はっ！」

そうして、ジルファスが元の場所へ戻ると、次に宰相が一歩前に出た。

「先日、こちらへ多くの嘆願書が提出されました。その精査がこの度完了しましたことを、まずはご報告させていただきます」

またざわざわと騒ぎ出す貴族達。一体何のことか分からないのだろう。一人の貴族が手を挙げる。

「失礼、宰相殿。その嘆願書とは一体どのようなものなのでしょうか」

これに答えたのはアビリス王だった。

「お前達が無理に通した法案が原因で、犯罪にさえ手を染めながら集められたものだ」

「っ、い、一体それはどういう……」

「私にも責任は大いにある。だからこそ、いつでも責任を取り退位できるよう、次期王を決めたのだ」

「っ、そ、そんなっ……」

王の目には、強い光があった。それは覚悟を決めているからこそ見せられるものだ。

「いや、だがそうだな。まずはあの法案を廃止せねばならん。宰相」

「はっ。六年前に議決され、施行されました『貴族の婚姻に関する法案』、それを廃止、撤廃することに決定いたしました」

長子とその次に家督を継ぎ得る男児以外の子息は、貴族の家から令嬢を娶ることができないという法だ。血統を重んじる第二王子派の貴族が、強く推進して制定した経緯がある。

『霧の狼』にいた三男以下の元貴族達は、これによって愛する令嬢との婚約を引き裂かれていた。

「血を守るのは悪いことだとは言わぬ。だが、それに固執するあまり狭い世界としてはならん」

貴族達は沈黙した。これによって、問題となったことを察した者も少なくはなかったようだ。

「それと、この際だ。言っておこう。わたしはこうして多くの者の尽力により体調も戻った。今後、今まで皆に苦労をかけた分以上のことをするつもりだ。今回の嘆願書の精査により、ここにいる者達の幾人かは、以後顔を見ることもできなくなるだろう。それも含めて……」

ゴクリと喉を鳴らす音がそこここから聞こえた。ここまで王が言うのだ。心当たりのある者達は青ざめている。そして、アビリス王は立ち上がり、真っ直ぐに貴族達を見据えて伝えた。

「皆の者、これまでご苦労だった」

それを聞いた者の大半は静かに跪き頭を下げ、何かを察した者達は力なく震えながらの礼だ。しばらくそれを見つめた王は、一度目を伏せてから宰相へ続きを任せる。

「これより、名を呼ばれた者から順に別室にて質疑に入る。罪ある者は捕らえ、そうでない者は順次領地へ帰還していただく。詮議の結果は後日、それぞれの家に通達、報告する。また、呼ばれた者以外のこの場からの退室は認められないので、そのつもりで待たれるように」

そうして、王や王子達が退室。残された貴族達は静かに沈黙し、呼ばれるのを待つしかなかった。

退室したアビリス王に続いて、ジルファスと第二王子、そして、王弟アルキスが部屋を出て行く。

「兄上よ。本当に調子が良さそうだな」

弟のそんな声かけに、アビリス王は苦笑を浮かべながら答えた。

「お前にも心配をかけたか」

「なんでそこ、ちょい疑問形なんだ？　心配したに決まってんだろ」

「それにしては長く、王宮どころか国を空けていたようだが？」

「あはは。じっとしておられんのが俺の性分だと兄上は知っているだろう」

「……まったく……」

奔放な王弟の様子に、ジルファスも苦笑を浮かべるが、王弟はこうは言っていても国のために尽力していた。王弟アルキスは現役のAランクの冒険者として有名だ。王が病で臥せっている間、他国からの無駄な干渉を受けずにやってこられたのは、彼の存在が大きい。

それが分かっているからこそ、アビリス王も苦笑するしかないのだ。

「それはそうと、テルザのじじいが引退を考えてるってのは本当なのか？」

「ああ……引き留めてはいるがな」

王弟アルキスの問いに、アビリス王は頷く。

テルザ・ワイズといえば、宮廷薬師の筆頭だった。それが突然引退すると言い出したのは、アビリス王の治療が始まってすぐのことだ。

「あのじじいが自分で辞めるって、本当に言ってるのか？　あいつは死ぬか起き上がれんくなるまであの地位にしがみ付くようにしか思えんのだが」

部屋に着いた所で、アビリス王はその答えを口にした。

「本人から正式に告げられたことだ。自分の力が及ばず申し訳ないと言ってな」

「はあ？　あのじじいが？　それ、本当にじじいか？」

「……嘘を言ってどうする……だが、そうだな……何か心境の変化があったようだ。まるで人が変わったようだとな。それと、わたしの治療薬を作った薬師達も職を辞すると言っているらしい」

これには困ったと、アビリス王はソファーに深く腰掛けてため息をつく。その向かいに座った王弟アルキスは、逆に身を乗り出して目を見開いた。

「ちょっ、ちょい待て。すっげぇ難しい薬だったんだろ？　他の薬師らが調合法を知っても作れんかったって聞いたぞ。それを作れる薬師が……辞める？　どうすんだそれっ」

優秀な薬師達が全員辞めるなど、簡単に許可できるものではない。アビリス王も頭を抱えていた。

「本当にな……そこのところ、説明してもらえるか？　ジルファスよ」

「……はい……」

ここで父に話を振られたジルファスに、叔父から鋭い声がかかる。

「どういうことだジルファス。そういや、お前んとこの騎士達が薬の材料集めをやってたらしいな」

「ええ……」

ジルファスがどうやって説明しようかと考えていれば、王弟アルキスを挟んで反対側に座っていた第二王子が口を開いた。ジルファスとは歳が離れた異母弟で、十八歳の若者だ。

「兄上は、薬師や騎士達を邪神と契約させたと聞きました。あんな急激な成長は普通あり得ないと」

「……シンリーム、それは誰が言ったのだ?」

第二王子シンリーム・アクレート・トルヴァランは、父の問いに不安げに答える。

「……母上です……」

「相変わらずだなあ、あの女は」

王弟アルキスも呆れ顔だ。アビリス王はまた大きくため息をついた。

「お前はあれの言葉を信用し過ぎる。そうなってしまったのは、わたしにも責任があるがな……」

「あなただけの責任ではありませんわ」

「っ、母上? それに、イスリナ……」

現れたのは、ジルファスの母である第一王妃ミラルファと妻のイスリナだった。

この部屋に、第二王子のシンリームの母カトレアと、ジルファスの息子以外の王族が揃った。

「カトレアのことは、ここまで来る前にわたくしがどうにかするべきだったと思っています」

ミラルファ王妃は、申し訳ないと夫である王に頭を下げる。

「いや……わたしが王として、夫としてしっかり言い聞かせるべきだったのだ。そうしていれば、今回のような問題も起きなかっただろう」

「……あの、父上……母上が何かしたのですか？」

ほとんど顔を合わせることのなかったミラルファ王妃やジルファスの妻を前にして、シンリームはようやく何かを察したらしい。この場に第二王妃であるカトレアがいないのはおかしい。

「そうだな。お前ももう子どもではない。カトレアは今の段階では、永久的に謹慎処分となる。お前であっても、わたしの許可なく会うことは許されない」

「っ、な、なぜそのようなことに⁉」

シンリームが顔を白くして説明を求めた。

「先ほどの場で言っただろう。嘆願書の中には、カトレアのことも書かれていたのだ」

「そんっ、そんなっ……こと……」

王妃であるカトレアがなぜそんなことに、と思わずにはいられないだろう。シンリームはそこでふっとジルファスの方を向く。唇を引き結び、異母兄をキッと睨みつけた。

「兄上ですかっ！　母上をっ、母上をはめたのですねっ」

「……そんなことはしない……」

「だったらなぜっ！」

立ち上がり、大きな声でジルファスを責(せ)めるシンリームの肩を掴(つか)んだのは、間にいる王弟アルキスだった。

「落ち着け。そんでその曇(くも)りまくった目を閉じろ」

「っ、だってっ」

「もう一回言うぞ？　その曇りまくった目を閉じろ。それともう一つ。口も閉じて歯を食いしばれ」

「は……っ……ぶふっ!!」

その時だった。シンリームはミラルファ王妃によって殴(なぐ)り倒された。

「お～……予想はしてたが本当にゲンコで行くとか……義姉上(あねうえ)、さすがだわ……」

「は、母上っ……」

ミラルファ王妃は直前まで開いていた手を、思いっきり握(にぎ)って殴り飛ばした。そのせいでシンリームはソファーからも転げ落ち、床へと酷(ひど)い転がり方をしたのだ。

「このバカ王子が！　カトレアはねっ、あんたを次期王にするためなら何でもやったのよ！　裏金(うらがね)で取り引きなんて日常的にやっていたし、ジルファスに暗殺者を仕向けるのだってやった。本当に色々とやってくれたわ！　決定的な証拠が上げられずに今まで手をこまねいていたけど、知らないのはあんただけで、貴族達なら誰でも知ってるわよ！」

「っ……そ、そんな……そんな、母上が……っ」

「カトレアの言うことを全部鵜呑みにして、カトレアが正しいとしか思っていないあんたには失望したわっ。何度殺してやろうと思ったかっ」

「ひっ」

　鼻からも口からも血を流すシンリーム。それにようやく手を差し伸べたのがジルファスだった。

「母上。落ち着いてください。シンリームはカトレア様の教える世界以外を知らぬだけです」

「それでもっ。王子として生まれたのならば、自分で気付くべきですっ。バカな貴族どもの傀儡になるしかない王子など迷惑なだけだわっ」

　ミラルファ王妃は大層ご立腹だ。この場に剣などなくて良かった、とジルファスは安堵した。

　それは周囲の者も同じ思いで、剣を持っている騎士達は絶対に近寄らないように目で訴え合っていた。控えていたメイドや執事達も、武器になりそうなフォークやスプーンなどを素早く隠しにかかっている。そっと自分の体で隠すように、花瓶の前に移動している者もいた。

　ジルファスの母であるミラルファ王妃は、王家に嫁ぐ前に数年、国を見て回ると言って冒険者をしていたことがあったのだ。その頃、仲間の一人として一緒にいたのが王弟アルキスだった。

「義姉上、怒るのも分かるが、そういう環境しか用意してやらんかった俺ら大人の責任でもある。それは分かってんだろ」

「もちろんです。ですから、わたくしが今後シンリームを教育いたします。イスリナも良いですね」

「はい。お義母様。これは決定ということですわね？　では、もうシンリーム殿下にも座っていただいて、ジルファス様から大事なお話をしてもらっても構いません？」

　イスリナは綺麗な笑顔で場を収める。そして、シンリームを起こしにかかっていたジルファスを真っ直ぐに見つめた。

「話？」

「はい。ジルファス様。わたくし、考えましたの。息子のリルを絶対にシンリーム殿下のようにしたくはありませんわ。だから、『良いお兄さん』が必要だと思うのです」

「っ……そ、それは……コウヤの……」

　今度顔色を変えたのはジルファスだった。その一方で、嬉しそうに提案するイスリナの口は止まりそうにない。

「わたくしも会いたいのですっ。薬師達やワイズ宮廷薬師長までもが尊敬する薬師の一人だと言い、騎士達が魔神様とまで呼んで畏れる。そんな素敵なお兄さんをリルにあげたいのですわ」

「……い、いや、だがコウヤはっ……」

「分かっています。また血がどうのと言う者もいるでしょう。でも、王家に迎え入れて欲しいとまでは、わたくしも言いません。いいえ、もしも『良い』と言われるのでしたら、そうしても良いと思います。ですが、それも、あちらが望まないのならば仕方がありませんもの。それでも、お兄さんとして会わせるのには問題ないと思いませんか？」

イスリナは、どうあっても息子をコウヤに会わせたいらしい。

「あ、変な勘ぐりはなしですわよ？　わたくし、常々言っておりましたが、ファムリア様こそが真の聖女様であり、わたくしの人生で唯一、心から尊敬するお方だと思っておりますの。そんな方を姉上と呼べる日をずっと、ずっと待っていたんですっ」

ファムリアとはコウヤの亡き生母のことだ。神教国に聖女として仕えていたが、教会のあり方に疑問を抱いて出奔し、最期はこのトルヴァランで人助けをしながら亡くなった。

イスリナは手を合わせて熱い思いを打ち明ける。

「それが叶わぬ今、あの方の息子を自分の息子とすることに、何の躊躇いもございませんの。寧ろ、そんな出来た息子にお母様と呼ばれたいですわっ」

「……」

キラキラしていた。

ジルファスは前々から思っていたことがある。

イスリナは、ファムリアを想うジルファスだからこそ結婚を決めたのではないかと。

第一王子の妻ではなく、かつてファムリアを迎えようとしていたジルファスの妻になろうと。

その予想は外れてはいなかったようだ。結婚の前に包み隠さず、ファムリアとのことを話したのがいけなかったのだろうか。それを今更考えても詮無いこととは分かっている。

「その子が王族と関係を持つのが嫌だと言うのでしたら、わたくしっ、ジルファス様と別れても構いませんわっ。もちろんリルには継承権を捨てさせて、連れて行きます。新しい妻をお迎えくださいっ」

「……っ……」

ジルファスは泣きそうになった。イスリナの口調は先ほどまでと同じだが、どうやらかなりお怒りだ。なぜコウヤのことを黙っていたのかと。

「イスリナ……？　話が読めないのだけれど……ジルファス、どういうことか説明なさい」

「……はい……っ」

母に言われ、ジルファスは肩を落としながら、コウヤについての話を始めた。

コウヤとの出会いから、薬についての話、そしてユースールでのことを話し終えたジルファスは、沈黙する一同を見て不安げに小さくなる。

シンリームはメイドに濡らした布を渡され、それを殴られた頬に当てていた。血も綺麗に拭き取られている。顔の左半分が見事に腫れているのだが、今は痛みよりもジルファスと聖女ファムリアの間に子どもがいたという事実に衝撃を受けていた。

その上、母であるカトレアが差し向けた追っ手から逃げる間に二人が出会い、カトレアの脅威が退けられるまでは一緒になれないと思って諦めていたことなど、知りもしなかったのだから。

ここでようやく、シンリームは自分が何も知らずに生きてきたことを理解し始めていた。しかし、そんな良い傾向を感じ取れるだけの余裕を持っている者は、残念ながら今ここにはいない。

「ファムリアが亡くなってからは、ファムリアの教育係であった今の『聖魔教』の司教様方が育ててくださっていました。それでも十歳を過ぎて、冒険者ギルドの職員になり、現在は十三歳……冒険者達にだけでなく、ユースールの町の者の多くに慕われております……」

これを聞いて、アビリス王が重々しく口を開く。孫が苦労して生きていたという衝撃は大きかった。

「……今は一人で暮らしていると？」

「はい。自身で建てた立派な家に、従魔達と一緒に住んでいました。薬学に精通し、料理も裁縫も得意で、ギルドでは新人の冒険者に戦闘講習をするほどの腕を持っています。Aランクの冒険者でさえ、コウヤの忠告やアドバイスはしっかりと聞くそうで、誰もが頼りにしていました」

「うむ……それは少し出来過ぎでは……」

アビリス王は親の贔屓目ではないかと判断に困る。だが、これを聞いていた騎士達がそわそわとしていた。それに気付いた王弟アルキスが話を振る。

「お前ら、なんか知ってんのか？」

「っ、は、はい！　コウヤ様のことは、我々も直接見て、聞いて知っております！　我らの中の誰も敵いませんでした！」

「いや、十三の子どもに転がされるのを誇ってどうすんの？」

絶対に敵わないし、と自信満々に言うことではない。

「差し入れだと仰って、食べたことのないほど美味しい手料理をいただきました！」

「餌付けか？　いい大人の男が、子どもに気い遣わせんのはどうなんだ？」

いやいや、あれは美味し過ぎるんで、と蕩けた表情で言われても、尚更どうかと思う。

周りの騎士達も思い出すように目を閉じて頷いていた。そんなにか、とアルキスがちょっと羨ましくなるほどだ。

「身なりは見えない所もきっちりするようにと、シャツを繕ってくださいました！」

「「「えっ、それ知らない！」」」

シャツを繕ってもらったという騎士は嬉しそうに破顔し、そんな貴重なことを、と他の騎士達が本気で羨ましそうにしていた。

「それ、なんかのお守りみたいな感じなん？」

騎士たちがあまりにありがたがっているので、王弟アルキスとしては呆れるしかない。

「……コ、コウヤの差し入れ……繕い物……っ」

ジルファスの方も地味に悔しそうな表情をしていた。羨ましいのだろうか。これを聞いて、ミラルファ王妃まで居ても立っても居られなくなったようだ。

「そんな出来た子なんて、絶対に会ってみたいわ！　ユースールに行けば会えるのですねっ？　わたくし、行って来ますわっ。何よりもシンリームの良い手本になる予感がします！　あなたも元気になりましたし、半年や一年王宮を空けても問題ありませんわよね？」

「い、いや、さすがにそれは良いとは……っ」

ここへ来て、ミラルファ王妃は自分の殻を何枚も破り去ったらしく、その勢いにアビリス王もビクビクと怯えている。カトレアというストレスの元がなくなったのが良かったのだろう。

するとイスリナも嬉しそうな声を上げた。

「まあっ。良いですわね。わたくしも会いたいです！　ご一緒しますわ！　あ、リルを連れて行きますから、ジル様はお義父様と安心して国の立て直しをしてください。今回のことで、かなり欠員が出ていますでしょう？」

「そ、それはそうだが……」

イスリナは見た目や口調は天然おっとり系だが、実際はそうではない。寧ろ、その見た目などを上手く使って罠にはめる系の策士だ。今回の騒動のこともしっかり理解して把握している。

そうでなくては、あのカトレアから身を守ることなどできなかっただろう。否、カトレアのような存在が傍にあったからこそ、身につけた処世術なのかもしれない。悪女は周りを強くしたようだ。

そこで、一人の騎士が恐る恐る手を挙げた。

「あの……もしかしたら近くまで来ておられるかもしれません」

「っ、コ、コウヤが!?」

ジルファスが反応する。自分が守らなくては、母や妻に襲われそうなのだ。父として必死だった。

「は、はい。恐らく、ワイズ薬師長に会いに来られているのではないかと……先ほどから教官殿とパックンさんが薬師棟の方にいらしているようでして……それに、以前、薬師達が三ヶ月後に迎えが来ると言っていたのを聞きました」

気配を消せるルディエとパックンだが、今回は騎士達には教えておいてやろうという気遣いで僅かに漏らしていた。これには『来てるけど邪魔するな』という言外の意味も含まれている。

「教官……ルディエ君か。あっ、た、確かにっ……」

ジルファスも感じ取れたらしい。その隣で、現役Aランクの王弟アルキスも頷く。

「へぇ……俺でもギリギリ感じる気配だぞ？　よくお前ら気付けたな」

「教官殿の気配は覚えました！　寧ろ、気付けという感じですので！　完全に気配を断った教官殿やコウヤ様は絶対に分かりません！」

「……だから、自信持って負けを認めんなよ……」

国の誇る騎士がそれでいいのか、とツッコむ気力さえ消えた。

「それならば、その教官殿？　を連れて来てくれるか？　ワイズも一緒にな。会えるか直接聞いてみようではないか」

「「「え……っ」」」

アビリス王の提案を聞いて声を出したのは騎士達だ。彼らは一気に青ざめた。

「どうした？　大丈夫か？」

王弟アルキスがこの変化に眉を寄せる。これは王命だ。騎士ならば応と即答すべきところだろう。

はっとした騎士達は姿勢を正す。

「っ、はっ！　この命を賭してでもお連れできるよう努力いたします！」

「騎士の名に恥じぬよう、散って参ります！」

「わたくしはこの場に残ります！」

「「おいっ！」」

アビリス王に目を向けられた場所にいたのは三人。一人裏切った。

アビリス王としては一人行けば良かったので特に問題はない。ただ、なんだか戦場に向かうようだなと思った。必要以上に気合いを入れて部屋を飛び出していく二人の騎士達を、他の騎士達が涙を堪え、敬礼して見送った。まるで死地に赴く者を見送るように。

「なに……本当にその教官殿ってヤバイ感じなん？」

「「ヤバイです！」」

「そんなに？」

王弟アルキスはそれを聞いて少しばかり期待する。冒険者としては、強い相手に惹かれずにはいられない。

「タリス殿が『コウヤちゃんやルディエ君は僕の現役時代より強いんじゃない？　僕はパックンちゃんやダンゴちゃんにさえ勝てなかったと思うな』と仰っていました！」

「ん？　タリスって誰？」

これは失礼しましたと、王弟アルキスの疑問に騎士が答える。

「冒険者ギルド・ユースール支部のギルドマスターの、タリス・ヴィット殿です！」

「まさか、前グランドマスターか⁉　マジかよ……」

タリスの噂や伝説に憧れない冒険者はいない。特に現在の高ランク冒険者は、タリスを神聖視するほど尊敬している。王弟アルキスもその一人だった。

「凄えじゃん！」

「はい！　なので教官殿は凄いです！　邪魔したら消されます！」

「ん？　え？　もしかして、その凄いヤツが教官殿ってか？」

「はい！　ルディエ様です！　『聖魔教』の神子であり、元『神官殺し』です！」

「「「「は……？」」」」

アビリス王やミラルファ王妃、ジルファスさえも口を開けて固まった。そこへちょうどルディエがやって来る。

「お前……何をぶちまけてんの？」

「っ⁉　きょ、教官殿ぉおっ⁉」

速攻で騎士達が土下座した。それを目の端で捉えながらも、アビリス王達は現れたルディエに目を見開く。

「子ども……？」

「……で？　何か用？　あんまり兄さん達を待たせたくないんだけど」

これにジルファスが飛びついた。

「やはりコウヤが来ているのか⁉」

「来てるけど？　この薬師のじいさんを迎えに。何？　会いたいの？」

「っ、あ、ああ。今どこに？」

「このじいさんの屋敷」

そう言われ、一同の視線がルディエの横に集まる。

そこにはテルザ・ワイズが立っており、静かに頭を下げていた。その時だ。

「っ⁉　はあ⁉　パックン、それ今？」

ルディエが慌てて後ろを振り返る。すると、腰に付いていた白いバッグのような箱が外れて、ルディエの前に飛び出した。そして、少しだけ大きくなる。パックンである。

《生まれたって(^-^)v》

それを聞いてルディエは深くため息をつく。

「はあ……ちょっと、用がないならもういい？」

「え、いや、何がなんだか分からないんだが……」

一向に話が掴めず、ジルファスがパックンに近付いて行く。

「どういうことだい？」

《タマゴ拾って↓主にあげて↓大事にして↓生まれた♪》

「……何が生まれたか聞いてもいい？」

ジルファスは嫌な予感がしていた。コウヤは従魔からして普通ではないのだ。これに答えたのは眉間に皺を寄せているルディエだった。

「もうこの世に存在していない『古代人種』の唯一の生き残り。兄さんの話だと背中に羽がある」

「獣人族じゃないのかい？」

「違うね。獣人族に羽を持った者は存在しない。神から直接『古代人種』って聞いたって話だから、そうなんだよ。ちょっとさあ、僕は様子見てくるから……じいさん、ここにいてくれる？」

「あ、はい……」

テルザは大人しく頷く。それを見てパックンが口を挟んだ。

《残ろうか？》

「いいの？　じゃあ、行ってくる」

言うが早いか、ルディエは部屋から姿を忽然と消した。

それに驚きながらも、アビリス王が所在なく立ち尽くすテルザへ声をかける。

「テルザよ。こちらに掛けるといい」

「……はい……」

完全に毒気を抜かれたテルザの様子に、王弟アルキスは戸惑う。数年前に会ったテルザは、この国一の薬師であるという驕りと自信に満ち溢れた、いわゆる面倒な人だったのだ。

「なあ、本当に薬師長を辞めるのか？」

「はい……自分の愚かさにようやく気付きました。薬師の筆頭でありながら、陛下のための薬を作ることもできず、お恥ずかしい限りです……」

しおらしいテルザに、今度はアビリス王が話を向ける。

「いや、それは仕方がなかったのだとわたしも分かっている。あの薬の精製法も全て、過去の資料とは違ったのだろう？　はっきりと違うと言って資料を破棄したと聞いた。資料の処分は思い切った行いであったが、薬師長として見事な判断であった。何も辞めることはあるまい」

「いえ、それもあちらで言われたのです。間違ったものを残すことは危険だと。そして、薬師に派閥など作ってはならないと……」

「それで今までやって来たんだろう？　師匠となる薬師が弟子を取って教える。それでレシピを守ってきたはずだ」

薬師の世界は師匠と弟子の繋がりが強く、それが派閥となっている。それぞれの派閥はレシピを門外不出とし、大事に守ってきた。

そうして保たれてきたのだから、おかしいことではないと王弟アルキスは不思議に思う。

「製法を受け継ぐだけならばそれでも良いのです。ですが、私はレシピを守るだけで、それ以上を求めませんでした。人の病や傷を癒そうと考えるならば、門下の利益と天秤にかけてはいけなかったのです」

痛みを堪えるようなテルザの言葉を聞き、王と王弟の二人は、余計にコウヤやユースールの薬師に興味が湧いた。これほどまでに人を変えるのだから、気になって当然だ。

そこで改めて、その存在へ目を向けた。

「ところで……あれはなんなのだ？」

「……パックンさんです」

王の質問に、テルザやそれまで黙って小さくなっていたジルファスも、どう答えたらいいのか分からなかった。パックンは特に緊張した様子もなく、いつも通り振る舞っていた。

《大丈夫？　ルーってばちょっとイラついてたから》

パックンは体の向きを変えながら、騎士達に蓋の文字が見えるように伝える。

《騎士さん達もいっぱいいっぱいだったね》

「め、面目（めんぼく）ないです……」

「本当に、教官殿はコウヤ様がいないと遠慮ないですね……」

「寿命（じゅみょう）が縮（ちぢ）んだ……三日くらい……」

ホッとした騎士達が正座の姿勢から何とか立ち上がる。

「やはり、邪魔をしたのがいけなかったのでしょうか……」

《ううん。なんか変な噂のせい》

「噂？」

王達がパックンという存在を観察しながら沈黙しているのをいいことに、騎士達は確認を続ける。

《ユースールに来た薬師とか騎士がね　『邪神と契約した』とかさあ　そう聞いたんだよね～(^_-)》

「「「「……」」」」

全員が静かにシンリームを見た。

「っ……」

怯えるシンリームの顔は酷く腫れている。

《あれ？　どうしたの？》

パックンがぴょこんと跳（は）ねて、シンリームを見る（？）ようにして近付く。

《お薬いる？　美味しいのあるよ(^ω^)》

「え……薬……？」

奇妙な箱の蓋に表示される言葉を読んで、シンリームは呆然とする。

《薬が嫌なら治癒魔法にしようか？》

「っ、へ？」

《ほらいくよ～(=^▽^)σ》

「ええっ⁉」

ポンっと開いた箱から飛び出した魔力の球がシンリームに当たった。すると、数秒の後に頬の腫れが綺麗に治った。

「あれ？」

痛みがなくなったことでシンリームは治ったことを自覚する。

《どうよ♪　主の治癒魔法は即効性だよ？》

「……治癒魔法……あっ、聖女様のっ？」

そう勘違いしたシンリームは頭が悪いわけではない。彼は今までの情報から答えを導き出していた。寧ろ、彼に真実を悟られずに都合の良いように情報操作していたカトレアが凄いのかもしれない。

《主のだよ？　でも三ばばさまは聖女以上って言ってた》

《『親を超えるのが子の目標』って言うし　主はちゃんと超えてる(^_^)v》
パックンとの会話は、蓋に表示された文字を読む形になるので、自然と静かになる。お陰で落ち着けるというものだ。そして、ようやく周りもパックンという存在を受け入れ始めていた。
次に動いたのはイスリナだった。
「ね、ねぇジル様？　なんだかあの、いただいた薬箱に似ていますわね。これは、ミミックですか？」
イスリナがパックンに近付いていく。
「ああ……あの薬箱は、コウヤがパックンに似せて作ってくれたから……」
《よろしく♪》
「ええ。ジルファス様の妻のイスリナよ。よろしくお願いします」
《奥さん！　美人さん！　薬の補充は大丈夫？(๑'ω'๑)》
「あら、薬をくださるの？　でしたら、咳止めをいただける？　リルが、息子が夜に咳き込むのだけど、あの薬は良く効くのよ」
座り込んでイスリナは会話を続ける。
《一度主にも診てもらう？　呼ぼうか？》
「「え……」」

　これにはジルファスも反応した。

「パ、パックン、呼べるのかい？　あ、でもコウヤが城に来るのは……あまり人に見られると……」

　ジルファスは会いたいが、コウヤを他の貴族に見せたくない。悩むところだ。

《大丈夫じゃない？　ルーが手を出させるわけないし》

《見た奴はパックンすればいいし？ d(^_^o)》

「……なるほど」

　ジルファスは領兵達とコウヤ達の鬼ごっこ訓練に参加した時にパックンされたのだが、少し気を失っただけだった。眠ったというのが近い、とても安全なパックンだったから大丈夫だと判断する。

《それに、なんか王宮の中、人少ないし》

《あ、こっちに集まってる　あれかな、個人面談ってやつ？ (￣▽￣)》

「え……あ、そうだね。個人的に話をしてるのが多いね」

　パックンは貴族達が一箇所に集められていることに気付いたようだ。『個人面談』というのは、一人ずつ呼び出して取り調べていることを言っているのだろう。

　ちなみに、コウヤが使っている言葉や前世の知識によるイメージは、眷属であるパックンやダンゴに伝わるので、『個人面談』という語彙もそこから来ている。

《保護者会？　三者面談……じゃないね　あれ？　これ尋問？(゜Д゜)》

「……そうとも言うね……」

《そっかぁ……(,,^,,)》

「ご、ごめんね……」

ジルファスには、パックンが期待を裏切られて落ち込んでいるように見えた。しかし、パックンはすぐに切り替えのできる子だ。

《正直者になるヤツいる？♪(´ε｀)》

「正……っ」

一瞬、意味が分からなかった。とんでもないことを言われた気がして、ジルファスは言葉に詰まる。だが、イスリナは違った。

「自白剤のことね？　二本いただくわ♪」

「え……」

《いいよー(๑>◡<๑)》

ポンっと出てきた薬瓶。それをイスリナは躊躇いなく手に取った。

《一滴でイチコロですぜ(￣^￣)》

「それはスゴイわ！　効果時間は？」

《三十分！　その後は寝落ちしてスッキリ後遺症ナシd(￣￣)》

「なんて素晴らしいの！」

絶賛したイスリナは、アビリス王の前に行って使用許可を取りにかかる。

「一つは今尋問中の貴族にお使いになられると良いかと。あれだけの証拠があっても口を割らないいなら、使っても良いですわよね？」

「……そうだな……自白すれば諦めるだろう。尋問はしているが、罪状はまず変わらぬからな」

アビリス王が頷けば、騎士の一人がイスリナから薬瓶を一本受け取る。そうして、一礼すると部屋を出て行った。

「もう一つはどうするの？」

そう尋ねるミラルファ王妃だが、その顔は期待するように笑っていた。答えが分かっているのだろう。

「ふふっ。もちろん、カトレア様用ですわ♪　洗いざらい吐けば、いくらあの方でも背中を丸めてくださるでしょう」

「そうねっ。その通りだわっ。ふふふっ。後で一緒にオハナシしてきましょうか」

「はい♪」

「「「「……」」」」

シンリームさえも反対することができなかった。

《それで？　どうする？　主呼ぶ？》
パックンがそう表示して飛び跳ねると、一同の視線がジルファスへと集まった。

特筆事項③　聖域が出来てしまいました。

ルディエが騎士に呼ばれる少し前。コウヤとセイはテルザの屋敷にやって来ていた。

「ステキな家だね」

「良いサイズだわね」

王都の中央からは少し離れている、こぢんまりとした小さな一軒家だ。使用人も居らず、宮廷薬師となってからは、ほとんど帰って来てはいなかったと聞いた。テルザが王宮にいるため、本来は誰もいないはずの家だが、ドアをノックすると中から一人の男性が出て来る。

「セイ司祭様にコウヤ様、それとダンゴさん。お久しぶりでございます」

「ご苦労様です。ずっとこっちに？」

「はい。テルザ殿の補佐をしておりました」

彼はルディエが率いる白夜部隊の一人、ジザルスだ。細身で穏やかな見た目だが、戦闘能力は部隊の中でトップスリーに入る。

「どうぞ、お入りください」

　中は引越し前といった様子で、荷物がまとめられていた。

「このお家、売られるんですか？」

「テルザ殿はそのおつもりのようで、明日にはその手続きを……予定が合わず申し訳ありません」

　この日に迎えに行きますと連絡していたわけではない。たまたま休みが出来たのでどうなっているのか見てみよう、という軽い気持ちで来ているのだ。合わなくて当然だった。

「気にしないでください。王都には三日ほどいるつもりで来ましたからね。昨日、報告でテルザさんの後任がまだ本決まりになっていないと聞いていましたし。様子見だけになるのも考えてました」

　宮廷薬師の現状については、白夜部隊からも随時報告をもらっており、三ヶ月やそこらでは、テルザの後任は決まらないだろうとも予想していた。

　それでも今回やって来たのは、テルザを激励するためだ。ちゃんと孤児院の教師になってくれるのを待っていると伝えるため。そして、焦って後任をあやふやにして来てはいけないと注意するためだ。

「現状はどうなんだい？」

セイが尋ねると、ジザルスは困ったように答えた。

「テルザ殿は、まず、宮廷薬師の中の派閥同士の垣根を低くしようと考えられました。城にはテルザ殿の門下以外に二つ派閥が入っておりまして、ジルファス殿下がユースールにお連れになった方々は、それぞれの門下から選出されておりました」

ジルファスは、勢力が偏らぬように三つの門下から師との決別も受け入れた者を選んでいたのだ。

「これにより、テルザ殿以外の師匠方も、その考えを認めざるを得なくなりました。最も頭の固いテルザ殿が提案されているので、納得するしかないというのもあるでしょう」

派閥という狭い世界の中に閉じこもっていては、これ以上、薬師としての成長は見込めないのだと説明したらしい。

「問題は、ユースールで実力を付けた薬師達が皆、宮廷薬師長になるよりもユースールに戻ることを選んでしまったことでしょうか。実力を認め、若い彼らに薬師長を任せても良いと納得されていた面々は、これによって迷走を始めました」

一番実力があり、功績の高い者が薬師長になる。それが今までの慣例。ただし、それに当てはまる者はこれまで、弟子を取るほどの薬師であり、長年にわたり実績を積んで来た老年の者であった。

それを、まだ年若い者達に譲るのを苦い思いで了承したというのに、今度はあっさり一蹴されてしまったのだ。今は仮にそれぞれの門下のトップを薬師長として据えているらしい。

「おやおや。それはまた面白いことに」

「セイばあさま、笑ってる場合じゃないですよ。でも困りましたね……」

コウヤがどうすべきか考えていると、不意に胸の前で抱えていたタマゴが脈動したように感じた。気のせいかと思ったが、違うらしい。ダンゴがポケットから飛び出してきた。

《生まれるでしゅっ》

「え？　あ、うそっ」

コウヤは念のため強化をかけたテーブルの上に、タマゴをそっと載せる。

「ほぉ……む？　コウヤ、結界を張るよっ」

「ええっ⁉　わ、分かった」

「聖域の結界レベルで、だでね」

「へ⁉　そこまで⁉」

慌ててコウヤは展開しようとしていた結界の強度を上げる。

《た、確かにまずいでしゅっ。主様の魔力が暴走してるでしゅっ》

「あ……そっか……」

タマゴはコウヤの魔力を吸っており、それが今度は放出されようとしているようだった。

まずいと思った時には、タマゴが割れてしまった。テルザの家の敷地を綺麗に覆ったコウヤの結界が、外に漏れようとする魔力を留める。

「こ、これはっ……」

《凄いでしゅ……こんな、魔力の奔流……主様のかつての力と同じ……》

それは、取り込み切れなかったのだろう。コウヤの神としての魔力――純粋な神気だけが流れ出たのだ。これだけ強い神気を王都に放出するわけにはいかない。

コウヤは土地に、そして屋敷に馴染ませるように神気をこの場に留める。これによって、ここは聖域となるだろう。

「あ～……まずいことになっちゃったなあ……」

珍しくやっちゃった感を覚えながら、コウヤはそれに目を向けた。

「うぁ、ぁ……っ」

聞こえたのは、小さな小さな産声だった。

「生まれた……」

小さなタマゴから生まれたとは思えない大きさ。人の赤子とは違い、新生児ではなく、もうしっかりとした乳児だった。そっと抱き上げると、背中には小さな翼があるのが分かる。その色は、コウヤの髪色と同じ薄紫。髪と瞳は銀色だった。

「ふふ……お誕生日、おめでとう」

「あぅ……ぅ……ぁ」

そうして、落ち着いて眠ってしまった赤子をあやしていると、困り顔の三十代頃の綺麗な女性が傍にいることに気付いた。

「あれ？　えっと……もしかして……セイばあさま……？」

ジザルスが驚いて目と口を開けている様子を見るに、間違いなさそうではある。

「まったく、なんだい、このとんでもない聖域は……」

「う、うん……ごめんね……」

「はあ……アムラナが反応したのかねえ……コウヤ、どうしてくれんだい？」

アムラナは老化を緩やかにする霊薬で、これによってセイ達は長寿となっていた。

「……本当、ごめんなさい……」

美人だなと、呑気に見惚れていられる状況ではなかった。そこにルディエが飛び込んできた。

「ちょっ、なにこれ聖域⁉　なっ、セイ司祭様っ⁉」

「これっ、あまり赤子の前で大きな声を出すんじゃないよ。コウヤも、いつまでその子を裸にしとくつもりだい」

「あ、そうだったっ。産着～……」

急いでコウヤは用意していた産着を取り出す。一方、ルディエはジザルスに迫っていた。

「……もうなんなのこれ……お前、説明しろ」

「はっ、はひっ」

大混乱する中、ダンゴだけは冷静に割れたタマゴの殻の前で考えていた。

《これを使えば聖域を固定化して……いけるでしゅ！》

「え？　ダンゴ？」

突然やる気を見せるダンゴに、コウヤはどうしたのかと顔を向ける。赤子に産着を着せ、手作りのクーハンに寝かせるところだった。

《任せるでしゅ！》

「う、うん。分かんないけど、任せた！」

ダンゴはタマゴの殻に魔力を込め、過剰になってしまっている神気をそれに集めたのだ。

「これは……なるほどねえ。見事な神器になったわ」

セイが感心する。

「どうせなら、ここを教会にするかねえ」

「え……」

「コウヤ。きっと王宮に呼ばれるやろ？　教会を建てる許可、もらってきてくれな？」

唐突な提案だ。さすがのコウヤも戸惑う。

すると、ダンゴが何かに気付いて言った。

《あ、パックンが呼んでるでしゅ》

「ほらな。頼むでね」

「……はい……」

「兄さん、一緒に行くから……」

肩を落とすコウヤの力になろうと、ルディエがその肩に触れた。

セイはクーハンで眠る赤子に目を向ける。

「その子も連れて行き。なんや、コウヤから離すのは良くなさそうだわ」

《今は主さまの魔力がご飯みたいでしゅね》

「……うん……」

コウヤはそんな気がしてたと頷き、赤子を抱く。そして、ルディエとダンゴ、それと赤子を連れて王宮へ向かうことになったのだ。

コウヤとルディエが王宮に着くと、以前ユースールに来ていた近衛（このえ）騎士が一人待ち構えていた。

「お疲れ様です！　コウヤ様、教官殿、ご案内いたします！」

「あ、こんにちは。なんだか三ヶ月前よりも逞（たくま）しくなられましたね」

「っ、はっ！　ご指示通りに王座（ぎょくざ）の迷宮や王都との間の道を使い、訓練した賜物（たまもの）であります！」

「うん。良い訓練になったみたいだね」

「は！」

王の治療薬の要となる素材――スターバブルは、王座の迷宮の中にしかない。スターバブルを採取できる階層に潜るには、冒険者としてBランクの実力が必要であり、このために、コウヤは彼ら近衛騎士を鍛えて力を引き上げた。

コウヤの鍛錬を受けた彼らは、この三ヶ月、ローテーションを組んで王座の迷宮に潜り、全員が任務をやり遂げた。

そう。脳筋要素を所持している彼らにとっては、迷宮攻略すらも全て訓練だったらしい。

コウヤはニコニコと同意し、ルディエは目を逸らした。

「ところでコウヤ様……その赤ん坊は先ほどパックンさんが生まれると言っていた？」

赤子に気付いた騎士は、少し声を抑えて尋ねる。今はコウヤの腕の中でスヤスヤと眠っていた。

「ええ。パックンが？　あ、ダンゴが伝えてたの？」

《でしゅ》

「そっか。あ、だからルー君、急いで来てくれたんだね。心配してくれたんだ？　ありがとう」

「う、うん」

コウヤにお礼を言われてルディエは顔を赤らめていた。本来ならばとても微笑ましい光景だが、教官としてのルディエの恐ろしさを知っている騎士には、少々衝撃がある。

「あ、相変わらず……教官殿はコウヤ様を敬愛しておられるようで……」

このギャップに慣れないらしい。この衝撃を受ける度に、彼らはコウヤが最強なのだと再認識するのだ。

王宮の奥へと進む中、特に人とすれ違うことがないことをコウヤは不思議に思った。

「今日は会議か何かがあったんですよね？　まだ会議中ですか？」

「現在は個別に話をしておりまして、終了した者から解放している状況です」

「そうですか。大変な時にお邪魔してしまいましたね」

確認のために気配を探れば、確かにいくつもの部屋に分かれて話し合いをしているようだった。来るべきではなかったのではないかと少々気になったコウヤに、騎士は慌ててアピールする。

「いいえ！　お呼びしたのはこちらです。それに、わたくしも、コウヤ様にお会いしたかったので！」

「そうなんですか？　落ち着いたら、ユースールの方にも遊びに来てくださいね。あ、でも……もしかしたら今後は時々、王都に来るかもしれませんが」

「っ、それはどういう……っ⁉」

そこで、扉に突き当たった。騎士が扉の前で内側の人間に呼びかける。

「コウヤ様と教官殿をご案内いたしました！」

扉がゆっくりと内側から開く。中に入ると、真っ先に目に飛び込んできたのはジルファスだった。

「コウヤっ」

「お久しぶりです、ジルファス様」

挨拶（あいさつ）すれば、ジルファスは嬉しそうに破顔した。

「ああ。久しぶりだ。元気そうだな」

「はい。ジルファス様は……少しお疲れですか？　睡眠（すいみん）はきちんと取られませんと」

「兄さんはそれ、人のこと言えないよ。昨日なんてほとんど寝てないし」

すかさず後ろから指摘された。

「そうだったかな？　一時間は寝たと思うよ？」

「それ、寝たって言わないよ。仮眠（かみん）だから。この休暇中（きゅうかちゅう）は仕事しないでよ？　ギルドに行くの禁止」

「え？　う〜ん……うん。仕事はしない」

「……その子ども、引っ付いて離れないようになれば良かったのに……」

全く信用できない、とルディエはコウヤを見張ることを心に決めた。どのみちほとんど離れる気はないので決意するまでもないのだが、気持ちの問題だろう。

「あ、子ども……その子が生まれたっていう？」

ジルファスがコウヤの腕の中で眠っている小さな赤子に気付いた。

「ええ。先ほど生まれたばかりです。特殊な種族なので、今は俺の魔力を食事代わりにしているみたいで、あまり離れるのは良くなくて」

「それは……コウヤに害はないのかい？」

ジルファスが一番気になったのはそこだ。ルディエも気にしていたのだろう。コウヤの言葉に意識を向けている。

「ありません。元々、人は体内の魔力が飽和しないよう、常に少量の魔力を放出しているんです。その出てしまった分を吸っているだけですから」

「そうか……」

「ふふ。確かに特殊な種族ですが、危険のある者を王宮に連れてきたりしませんよ？」

「あ、いや。そこはあまり心配していなかった……」

「そうなんですか？」

「寧ろ、コウヤが来るということしか考えていなかった！」

「考えろよ」

ルディエに突っ込まれ、ジルファスは気まずげに目を逸らした。

そこで奥の方から声がかけられる。

「お～い。そこでだけ盛り上がらんでくれよ。というか、ジルファス退け。見えんだろうが」

「そうよ！　孫の顔をしっかりと見せてちょうだい」

「……うっ、コ、コウヤ……その……」

ジルファスはわざとコウヤの目の前に立っていたらしい。大柄というほどではないが、しっかりとした体つきのジルファスだ。まだ成長期に入らない小柄なコウヤを隠す壁役としては充分だった。

「ふふ。お話しされたんですね。ここまで来てしまいましたし、全部お話しされたのなら構いません」

「そ、そうか……なら、紹介しよう……」

少し残念そうな表情を見せるジルファスを不思議に思いながら、コウヤはその先から自分を見つめる人々に笑みを見せた。

「はじめまして。ガルタ辺境伯領、ユースールで冒険者ギルドに所属しております、コウヤと申します。このような出で立ちにてお目にかかりますこと、ご容赦いただきたく」

立ち位置は変えることなく、距離を取ったまま頭を少しだけ下げる。そうしたのは、跪くのをルディエが許さなかったからだ。

　コウヤはまだ完全な神というわけではないが、それでも、一国の王に頭を下げ、膝をつくということが許せなかったのだろう。ルディエはジルファスが退いてすぐ、コウヤの服を後ろできつく掴んでそれを止めたのだ。

　仕方なく軽く頭を下げるだけにしたが、成人前の子どもだ。ギリギリ許されるだろう。服装はギルド職員の制服なので、失礼には当たらないはずだ。

　コウヤ達の思いを知るはずもなく、王は嬉しそうにこちらを見ていた。

「そんな堅苦しい挨拶は必要ない。こちらへ来てくれるか？　ここに座ってくれ」

「では、失礼して。あ、少しだけお待ちください。ダンゴ」

《あい？》

　コウヤは亜空間から深めの籠を出す。それは赤ちゃん用の揺り籠で、布団が敷かれている。その籠は吊るせるように出来ており、そこにダンゴが寝る時用の帯を取り付けた。

「浮いていた方が良さそうだから、お願いできる？」

《いいでしゅよ～》

　そうして、ダンゴの浮力で籠は空中に吊るされた。ふわふわと漂う小さな籠。その上ではダンゴが可愛い可愛いと、嬉しそうに赤子を見ながら浮いていた。

「兄さんから離れて大丈夫なの？」

「食事だって、ずっと食べてるわけじゃないし、同じ部屋とか家の中なら問題なさそうなんだ」

コウヤはルディエにそう答えた後、自分の胸元くらいの高さで漂う籠を見つめてから、王の指定した向かいのソファーに歩み寄っていく。

「お待たせしました」

「む、いや。面白いことをするのだな」

「お話しするのに、赤子を抱えていては気になるかと思いまして。それに、あの籠はこちらの声があまり聞こえないようになっていますから、声も落とす必要がありません」

気を遣って王は声を抑えてくれていたのだ。コウヤは感謝の意味も込めて微笑んでおく。

「っ、では、存分に話せそうだ。コウヤと言ったな。わたしはアビリスだ。ジルファスの父になる」

「はい。陛下」

「その……ジルファスに君のような息子がいたというのは、今日初めて知ってな……申し訳ない」

頭を下げるアビリス王に、コウヤは弱った表情で首を横に振る。

「お気になさらないでください。それに、ジルファス様にお会いしなければ、一生父のことは知らずにおりました。それで構わないと思っていましたので」

これにまた申し訳ないという表情を見せるアビリス王。そこで、その隣にいた男性がニヤリと意味深な笑みを見せた。その人は王を十歳ほど若返らせたような容姿をしている。笑みを浮かべれば更に若く、傍若無人な性格がちらりと顔を出す。

「父親が王族だったんだぞ？　取り入ろうとは思わんのか？」

「っ、叔父上っ！」

コウヤの隣に腰掛けたジルファスが身を乗り出すが、気にせずコウヤは答えた。

「父がどのような方であったとしても、もう生き方は自分で決めております。ご心配なのでしたら、今後はジルファス様にもお会いいたしません」

「コッ、コウヤっ」

泣きそうになっているジルファスは気にせずに続けた。

「ただ、国から出て行けと言われるのは困ります。せめて、王都には入るなというものに留めていただきたいですね」

「へえ……」

コウヤをじっと見つめていた男は、しばらくしてニヤリと笑ってから表情を変える。真面目な顔で立ち上がり、勢い良く頭を下げた。

「すまんっ。試すようなことを言った。忘れてくれ」

これにコウヤよりも先に答える者がいた。

「兄さんを試す？　王弟だかなんだか知らないけど、これ以上兄さんに失礼なことをほざくようなら、問答無用でこの国ごと消すけど」

「っ、ちょっ、待て……本当にすまんかったっ」

物凄い殺気が王弟を襲う。

「ルー君。いいんだよ。それと、女性の方もいるんだから、その殺気は消してね」

「だって……」

「これは、アルキス様のお遊び……おふざけだから本気にしちゃダメだよ」

「……知り合いなの？」

ふっと殺気が消えた。それに満足して笑えば、王弟アルキスもソファーに倒れ込むように腰を下ろして笑っていた。アルキスはちょっと王弟っぽい感じを出したかっただけなのだろう。ただ、それを今は後悔しているようだ。

「やべぇわ……マジでヤバイ奴じゃんよ……ってか、本当にコウヤだとは思わんじゃんか」

「国にお帰りになっていたんですね」

「おうよ。あ、土産あるぞ。ちょっと待ってろ」

そう言って、王弟アルキスは逃げるように部屋を出て行った。

「……兄さん……」

どういうことか説明をと、後ろに控えるように立っていたルディエが目を細めてせっついた。

「あ～、アルキス様とは、まだ俺がギルドの職員になる前に、迷宮で知り合ってね。何日か一緒に行動したんだ。薬を融通したり道案内をしたりしてね」

「……あの人、王弟だよ？」

「みたいだね。でも、俺は冒険者としてのアルキス様としか付き合ったことなかったし」

「……そう……うん……兄さんらしいや……」

アルキスは、特に王弟であるということは隠さずに冒険者をしていた。よって、アルキスを知る者はたいてい『アルキス様』と呼ぶ。コウヤの場合は、その時は王弟だと知らなかったが、周りの冒険者達に倣ってそう呼んでいた。

アルキスと知り合いだったことを笑って語るコウヤの一方で、ジルファスやアビリスは寝耳に水だ。

「叔父上と……知り合い……」

「アルキスめ……」

どうやら、二人の矛先はばっちりアルキスに向いたらしい。悶々とする男達の隙を突き、今度は女性が話しかけてきた。

「コウヤさんと呼んでいいかしら。わたくしはジルファスの母でミラルファよ。ミラおばあ様って呼んでくれないかしらっ」

「えっと……はい……ミラお祖母様」

「っ、っ、か、可愛いっ。かつてないトキメキだわっ。やっぱり孫はイイわね～」

うっとりするその女性、ミラルファの斜め向かいには、コウヤよりも少し年上の青年がこちらを見ていた。その視線に気付いたコウヤが口を開く前に、ミラルファが青年を紹介する。

「この子はシンリーム。あなたの叔父になるわね。ジルファスの異母弟よ」

そう聞いてコウヤは彼が第二王子だと知る。

「叔父と呼ぶのは気が引けますね。シンリーム殿下。コウヤと申します。先ほどはアルキス様と冗談のようなやり取りとしてお答えしましたが、全て本心です。お邪魔にならないよう気を付けますので、お気になさらず」

「へっ？　いやっ、邪魔だなんて思わないよっ。この年で叔父と呼ばれるのには確かに抵抗があるけど……その……っ、仲良くして欲しいっ」

勢い良く頭を下げるシンリーム。ここの王族は頭を下げ過ぎではないかとコウヤは心配になる。

「こちらこそ、よろしくお願いいたします」

「よろしくっ」

差し出された片手を取って握手をすると、すぐにもう片方の手を添えて固定される。

「どうかされましたか？」

真っ直ぐに見つめられ、コウヤは首を傾げた。するとシンリームの目元が赤く染まっていく。

「か、かわいい……っ、シ、シンと呼んでくれないか？」

「はい……シン様」

「っ、コ、コウヤ君と呼んでも？」

「どうぞ、お好きなように」

「う、うん。コウヤ君っ」

なんだか物凄く感動しているようだ。それを見兼ねたのがルディエだ。

「ちょっと、いつまで握ってるのさ。馴れ馴れしいっ」

「えっ、あっ、ご、ごめん！」

「いえ。剣術をやっておられるんですね」

「あ、ああ……けど、あまり得意ではなくて……は、恥ずかしいな……手、汚くてごめんね」

コウヤは握られた時、彼の手にいくつものマメがあることに気付いたのだ。

シンリームは本当に恥ずかしそうに俯き、自分の手を握り込んでそれを隠した。

「それは努力された証(あかし)でしょう。得意ではないと仰られても、諦めずに剣を握っておられる証拠です。恥じるものではありませんよ」

「そっ……そうなのか……母上は見苦しいと……剣なんて野蛮(やばん)なものをと仰っていたから……」

マメを撫でて自信なさげに声を落としていくシンリームを見て、コウヤはクスクスと笑う。

「剣とは無縁(むえん)で生きてこられた貴族のご令嬢には、そのような手になってまで剣を握ることを理解するのは難しいのでしょう。ですが、それはいつか大切な何かを守る力になります。理解されないからと隠す必要はありません。シン様は今、力を育てておられる。恥じてはいけませんよ」

「っ……」

目を潤(うる)ませ、弾(はじ)かれたように顔を上げたシンリームに、コウヤは微笑みを浮かべて頷いた。

日々、冒険者を相手にするコウヤにしてみれば、慣れない剣を振るってマメを作るなんて珍しくもない。寧ろ、硬(かた)くなっていくのを自慢げに見せてくれる者もいる。何が恥ずかしいのかと不思議でならなかったのだ。

「さすがは現役のギルド職員。良いこと言うなあ」

そう本心から感心するのは、戻ってきたアルキスだ。目を向けると、彼は大きな箱を抱えていた。

アルキスがドンっと床に大きな箱を置く。結構な重量があることが察せられた。

「これが土産。そんでこれが借りてた金な」

「いいって言いましたよ？　あの時は付き添いをしてくださっただけで助かったんですから」

箱の上に載っていた明らかに重そうな袋を、コウヤに差し出すアルキス。借金と聞いて、周囲の空気がやや険しくなる。

「バカ言え。本当に保護者として付き添っただけだろ。もらった薬一つの代金にも見合わねえよ。あん時は宿代とかも出してもらったし」

アルキスがグイグイと押し付けてくるので、コウヤは仕方なく受け取る。

「それに、闇(やみ)オークションの会場とか、普通入れねえし。貴重な体験させてもらったからな」

「「闇オークション!?」」

ジルファス達が反応した。子どもであるコウヤから金を借りていたのかと非難の目を向けていた彼らは、この衝撃にお金のことなど吹っ飛んだ。

「ちょっと、兄さん……そんな所に何しに行ったのさ……」

ルディエも聞き捨てならなかったようだ。落ち着けとコウヤは手で制する。

「母さんの形見の腕輪がね、そこに流れてたんだ。ばばさま達がどうしても買い戻したいって言ってたから、こっそり参加証までは何とか手に入れたんだけど、さすがにまだ十にもなっていない子どもが一人で入るなんてできなくてね～」

あれは本当にうっかりしてたよと頭を掻くコウヤに、ルディエは呆れた表情を向ける。

「……どうやって参加証を手に入れたかは聞かないけど、危ないよ……司教達は子どもに、なんてことをさせるんだか……」

「そんなに危なくなかったよ？」

「それは兄さんだから。競り落とした後に襲撃されなかったの？」

「ん？　あ、あれって襲撃しようとしてたのかな？」

「……兄さん？」

そういえばと思い当たるものはあった。それを確かにしてくれたのはアルキスだ。

「あれ、無自覚だったんかっ。そういや、コウヤはアイツらをあの後助けてたもんなあっ」

「あんなに見事に罠にはまる人達を目の前で見たら、びっくりするじゃないですか」

「だなあっ。いやあ、あれは傑作だったっ」

「……もしかして、迷宮にいる時に襲撃されたの？」

楽しそうな二人の会話に、ルディエが質問を挟み込む。

迷宮は、人が人を殺したとしてもおかしくない場所だ。確実に狙われていた。

「あれがそうなら、そうだね。アルキス様が罠の解除法を勉強したいって仰ってね。『不屈の迷宮』に行ったんだ。そこでね」

「そいつら、相当バカだね……あそこで襲撃はないわ……無駄に体力削るだけだよ」

コウヤが襲撃だったと気付かなかったのも無理はない、とルディエは納得した。

「あそこ、マジで心折れるもんなあ。誰だよ『不屈の迷宮』って名付けたの。尊敬するわ。別名『暗殺者の訓練場』だろ？　行ったことは？」

ルディエに確認するアルキス。ルディエはこれに不本意そうに答えた。

「あるよ。あそこ、暗器のドロップ率がいいし」

「おおっ、さすがよく分かってるなっ」

「何を感心してるのさ……」

『暗殺者の訓練場』とも呼ばれる理由がそれだ。

「あそこは『王座の迷宮』にも劣らない所だろう？　そんな所に十にもなっていない内に？　危ないじゃないかっ」

ジルファスがコウヤに詰め寄る。しかし、これに答えたのはアルキスだった。

「お前、コウヤの強さ知らねえの？　あの当時でも俺よか強かったし。実力的にはAランクだろ」

「まあ、生まれ育った土地自体、Aランク指定されてる森の中でしたしね」

「あ……」

そういえば生家だと案内された場所は危険な魔獣や魔物がウロウロしている所だった、とジルファスも思い出す。騎士達も鍛えた後でなくては行けなかった場所だった。

「それにしても、お土産って……鉱石なんて重かったでしょう？　凄い荷物じゃないですか」

コウヤは箱の中を見て驚く。様々な鉱石がゴロゴロと入っていた。木箱の底も抜けそうだ。

「ドロップしたマジックバッグをくれただろ。あれに入れてたから気にすんな。いつ会えるかも分からんかったし、腐らんもんで、コウヤが欲しそうなのって考えたらコレしかねえなって」

「ええ。とっても嬉しいです。ありがとうございます！」

「お、おう」

満面の笑みでのコウヤのお礼に、アルキスも本気で照れた。

「あれ？　そういえば、パックンは……」

こんな時、真っ先に飛び付きそうなパックンがいないことに、ようやくコウヤは気付いたのだ。

特筆事項④　可愛い弟です。

コウヤが気配を探そうとすると、パックンが、母子らしき二人とテルザ、それと、見知った薬師四人を伴って部屋に入ってきた。

母親と思しき女性がコウヤを見て目を輝かせる。

「あらっ。その方がファムリア様のお子様のコウヤさんねっ」

「えっと……お邪魔しております」

「会えて嬉しいわ！　リル、ほらお兄様よ！」

「おにいさま？」

嬉しそうに女性が背中を押す五歳頃の男の子は、とっても素直な子のようだった。

《主、あるじ～》

「パックン、あまり城の中を歩き回るのは良くないよ？」

《平気だよ？(o´∀`o)》

「う～ん。知らない人を驚かせないようにね？」

《は～い(*´∇`*)》

相変わらずコウヤはパックンに甘いと指摘できる者はいない。ルディエもパックンについてはそういうものだと思っているのだ。パックンはそれからダンゴに気付いて、赤子の眠る籠の方へ向かって行った。

その一方で、先ほどの女性がコウヤに詰め寄る。

「はあっ、可愛いわ……ファムリア様と同じ色……ジル様要素がないのは正解です！」

「あ、あの……」

女性の目の色が明らかに変わった。コウヤは自分が獲物認定された気がしている。

「イ、イスリナっ。リルも驚いているから」

「そうねっ。嬉しくてつい。イスリナですわ。遠慮なくお義母さんと呼んでくださいな♪」

コウヤは平静を装いながら『お義母さん』発言は聞き流して誤魔化しておく。

「あ、ジルファス様の奥様で？　はじめましてコウヤと申します。そちらはリルファム殿下ですね。お会いできて光栄です」

コウヤは立ち上がってイスリナとその息子リルファムの前に行くと、笑顔で挨拶をした。例の如く、跪くことはルディエが許してくれなかった。

「本当にステキですわ……」

「コウヤおにいさま……っ」

母子はコウヤの伝家の宝刀『聖女の微笑み』にやられてしまった。

そこに、パックンが突撃してくる。

《あの鉱石欲しい！(*≧∀≦*)》

コウヤの傍にある木箱に気付いたらしい。匂いでもあるのだろうかと思える反応だ。

「そうだった。いいよ。もらったから」

《やったーψ(▽)ψ》

嬉々としてパックンが鉱石の入った箱に向かって行った。その時、小さな泣き声が聞こえた。

「ぁ～っ、ぁ、ぁ～、っ」

「っ、すみません。失礼します」

「え？　あ、赤ちゃんねっ」

驚くイスリナとリルファムに断ってから、コウヤはダンゴが近付けてくれた籠に手を伸ばす。全員の視線が集まっていた。

さすがに魔力だけではお腹が空くだろうと思い、コウヤは赤子を抱き上げる。

「用意しておいたからね～」

「ぁ、ぁう～」

生まれたばかりで、まだ声はあまり出ない。コウヤは亜空間に用意していたミルクの入った哺乳瓶を取り出した。魔法で少し温めて口元に少し当てる。すると、それが本能というようにすぐに吸い付いた。

因みにコウヤの知る哺乳瓶はこの世界にはまだなかった。吸い口がガラスのものはあったのだが、それだとやっぱり違う気がして作っておいたのだ。

赤子は、コウヤの片腕でも問題なく抱えられる。そのまま立ってミルクをあげていたのだが、王妃ミラルファが声をかけてきた。

「こっちに来て座っててちょうだい」

「すみません。ありがとうございます」

コウヤは赤子に振動を与えないように歩いてソファーに腰掛ける。その隣にイスリナとリルファムが入り込んだ。

「小さいわね～」

「あかちゃん……かわいい」

今度は赤子に見惚れてしまったようだ。用意したミルクを飲み終わり、小さく空気を吐き出すのを見届ける。少しだけ開いた瞳で見つめてくるのを確認していると、イスリナがおずおずと申し出た。

「ねぇ、コウヤさん。抱っこしちゃダメかしら……」

「へ？　あ、構いませんよ？」

そっと手渡すとイスリナは幸せそうに微笑む。

「本当に可愛いわ……でも、生まれたばかりにしてはしっかりしているわね。首も据わってる……あら？　あ、羽があるのだったわね」

「ええ。ちょっと服も考えないと……赤ちゃん用に柔らかい布の在庫はあったかな……」

今はまだ羽は小さいので服の下でも気にならないが、早めにそこを考えたものを用意しないといけないないと思案する。

「兄さん、またそういうの作るために徹夜するんでしょ……ダメだよ、本当」

「う～ん。眠くなるまでって思うんだよね。眠くならないんだけど」

「だから、それがダメなんだって」

ルディエは、以前コウヤが睡眠不足を心配されて、半ば強制的に神界に呼ばれた時の状態を見てから、睡眠が充分かとても気にするようになった。コウヤが仮死状態になったのが相当怖かったらしい。

一方、これまでの会話を聞いていたシンリームが、不思議そうに尋ねる。

「もしかして、コウヤ君が服を作るの？」

「はい。作れるものはなんでも作ります」

「叔父上が渡された鉱石の使い道も、もしかして……」

シンリームは察しが良い。

「剣とかアクセサリーとか、作るの好きなんです」

「そんなこともできるんだ……」

感心しきりのようだ。

「やっぱ、コウヤ様は凄いっ」

「薬瓶まで作ってましたしね～」

「あの看護用のベッドとか」

「棚(たな)が欲しいとか言ったそばから出来てたしさっ」

後ろで薬師達がコソコソと話していた。そういえば薬師達が来ていたな、とコウヤは彼らを振り返る。

「お久しぶりですねえ、皆さん。お仕事も問題なく完了されたようで、お疲れ様でした」

「「「ありがとうございますっ！」」」

薬師達は綺麗に揃って頭を下げた。その隣で苦笑しているのはテルザだ。

「こんにちは、テルザさん。後任の方が決まるまでは、まだ少しお時間がかかりそうだとか」

「っ、はい……仮で決めてはいるのですが、中々納得してもらえず……」

そう言うテルザの横で、四人の薬師達はそっぽを向いた。

「もしも難しいようなら、お休みの間だけユースールへ来られるようにしてはどうですか？　移動の手配は任せていただければいいですし。それとそうですね……そこの四人を指名するというなら、ローテーションを組んで、ひと月毎に一人か二人ずつこちらに詰めるという方法も良いかもしれませんね」

「あ……なるほど……」

「「「……」」」

テルザは目を見開き、そういう手も良いかもしれないと考え、薬師達四人は目を泳がせる。全ての派閥での協力体制を作った今、薬師長をたった一人に決める必要はないのだ。

これにはアビリス王も頷いていた。

「わたしも、それで構わないと思うぞ？　誰が筆頭となってもおかしくはない実力だと聞いている。その上に、更にユースールの有能な薬師から教えを受けながらとなれば、こちらとしても願ってもないことだ」

「……私もそう思います。その方向で話をまとめてみます」

「「「……」」」

王であるアビリスとテルザが納得してしまったのだ。これはもう回避不可能だと不満そうな薬師達にコウヤが説得にかかる。

「ゲンさんは逃げませんよ？　それに、どれだけ離れていても、師は師です。あなた方が弟子であると自負し続ける限り、それは変わりません」

ずっと付きっ切りで教えを受けるなんてことはない。既にある程度の実力があるのだから、ゲンもそういうのは嫌うだろう。

「何より、王宮には各地の情報も入ってくるでしょう。辺境にいては、周りの目の届く範囲だけになってしまいますが、ここならば国全体を把握できる位置です。得た知識と技を、国に仕えることを許された薬師として振るっていただきたいです。きっとゲンさんも同じことを言うと思いますよ？」

「「「っ、分かりました」」」

目が覚めたような四人の表情。これでこの王宮での薬師の問題は解決できそうだ。

「コウヤ殿……ありがとうございます」

テルザも心から感謝を述べた。

一段落ついたところで、ジルファスが申し訳なさそうにコウヤに頼む。

「その……薬師達がこれだけ信頼する君だ。だからその……リルを一度診てもらえないだろうか」

「リルファム殿下をですか？」

「あ、そうです。こちらをお持ちいたしました」

この部屋を空けていた間、テルザはそれを取りに行っていたのだ。差し出されたのは診断用のカルテだった。

　コウヤはそれに目を通して症状を確認する。

「咳が出る……夜が多いと……リルファム殿下、少し失礼しますね」

「っ、はいっ」

　緊張気味にリルファムが近付いてくる。コウヤはしばらく見つめると、すっと斜め上を見上げる。

「これはなるほど……夜ですしね……」

「分かったのかい？」

　ジルファスが心配そうに見つめるので、コウヤは頷いて答えた。

「殿下は『属性過敏症』です」

「属性？　過敏症？」

　聞いたことがないのだろう。薬師達も首を捻っている。

「あまり知られてはいませんね。自覚のない方がほとんどです。殿下は闇属性の魔力に過敏に反応されるのかと。気管支が弱いというのもあるのでしょう。どうしても弱い所に反応が出ますから」

「それは……一体どういう……」

「そうですね……ルー君。夜の配置って分かる？」

　コウヤは唐突にルディエへと質問する。これにルディエは当たり前のように事実だけを淡々と答えた。少し不機嫌顔なのは、コウヤと血の繋がった『弟』のリルファムに少し嫉妬しているからだ。

「裏に常時三人。けど、夜に外から結構入り込むらしくて。さすがに王の寝室までは行かないように食い止めてはいるみたいだけど、この近くまでは来てるよ」

「目的は様子見だけ？」

「半分は国同士で警備体制とか確認し合ってる奴ら。いつでも入り込めるっていうのを定期的に確認してるんだよ。あとの半分は第二王妃」

「なら部屋を……移動するよりは体質を変える方が安全かな」

コウヤとルディエの会話に、周りは全くついていけなかった。しかし、察した者はいる。王弟で冒険者であるアルキスだ。

「あ～、あれか？　他国から暗部の奴らが夜に来てるって話か？　そいつらの持つ闇属性の魔力にリルが反応していると」

「ええ。ですが、彼らもお仕事ですからね。偵察行動まで抑えては、要らぬ憶測を呼ぶでしょう」

彼らの行動をある程度許すことで、他国へ干渉しないことを示しているのだ。警備をガチガチに固めていては、やましいモノがあると伝えるようなもの。そこで、わざと偵察をしやすくしていた。

もちろん、『節度は守るように』とお互いの国の暗部の者でやり取りはしているので、全面開放にはならない。

「そいつ、どれくらい闇属性が強い相手に反応するの？」

「闇属性だけが強い人が対象かな。ルー君にも俺にも反応してないしね」

ルディエの確認にコウヤは、そこは確実だと伝える。すると、ルディエは考え込む。

恐らく、これまでルディエが王宮に来ていた間に感じ取った者の中で、該当者を特定しようとしているのだろう。ルディエならば、その後話し合いで排除することも可能だ。コウヤは少し待つことにした。

しかし、そこでシンリームが意外そうな表情で、自分を見つめていることに気付く。

「コウヤ君が闇属性を持っている？」

「ふふっ、見えませんか？」

コウヤにはそのイメージがなかったようだ。聖女ファムリアの子どもだということを知っているからかもしれない。

「あ、いや、うん。光とかのイメージだった」

「光だけだとバランス悪いんですよ。光属性を持った人は闇属性も同じだけ鍛えないと。逆に闇属性だけの人は光属性も持つべきです。そうでないと変な偏見を持つ人になったりします。これは昔の魔術師が統計を取って、論文にしているほどです」

「へえ……知らなかった」

感心したシンリームは、それは面白そうだという表情を浮かべた。

「因みに、そこから『属性過敏症』についての考察が始まるんです」

興味津々といったように身を乗り出すシンリームを見て、コウヤも楽しくなってきた。

「これは、その人の持つ属性と相対する属性の者の魔力に、拒絶反応を起こすというものです」

光ならば闇。火なら水。風なら土。といったように、程度はあれ反応を示す人がいるのだ。最もこれになりやすいのが、光と聖属性を持った者と言われている。

「光属性だけを持つ人は、相対する闇属性に拒絶反応を起こす場合があります。子どもの頃はこれによって発疹が出たり、咳が出たりしますが、大人になればそれらは治ることが多い。体が丈夫になり、慣れるというのでしょうか。ただ、自覚症状が消えるので、そのまま進むと闇属性を持つ者を異常に毛嫌いするようになるんです」

「あ……だから偏見？」

シンリームは少し考えてその答えにたどり着く。

「そうです。過去、臣下の諫言を聞くことが出来なかったり、王が異様に嫌悪する相手国と戦争したりして滅びた国がいくつかあります。王族には光属性だけを持って生まれる人が多いので」

「……そこまで影響があるんだ……」

国を滅ぼすほどと聞いて、シンリームの表情が強張った。特に王族は王宮にこもりがちで、他の魔力属性を鍛えられる環境にない場合が多く、その傾向が強かった。外に出ているジルファスやアルキスが特殊なのだ。

「教会だと特に問題にならないんですけどね。一部の教会はそういう光属性か聖属性を持った『属性過敏症』の人を集めている節がありますし」

「わざと？」

「狙ってというわけではないんでしょうが、そういう傾向の人を集めるんです。『光や聖属性＝神に近い力』という考えが浸透しているのでしょうね。因みにシン様。再生と愛を司るエリィ……エリスリリア神の加護を受けられる属性はなんだと思いますか？」

笑顔で問題を出せば、シンリームが真剣に考え出す。

「……光ではないってこと？」

「そうです」

まさか光ではないとは思わなかったのだろう。だが、これは誰もが持っているイメージの問題だ。教会は治癒魔法の使い手を集めている。その治癒魔法はエリスリリアの加護無しには発現しないのだから、神＝エリスリリアと考える者は多い。そして、神は光属性か聖属性というイメージにより、そういう傾向が出来てしまったのだ。

「光以外なら聖かなって思うけど、そうなると創造神様が分からなくなる……」

「まあ、そうですね。四神はその属性を司っているわけではありません。あくまでもこの世界に存在する魔力属性の中で、それぞれの加護が発揮、影響されやすい属性があるというだけに過ぎません。なので、神＝光か聖という図式は正しくないんです」

「知らなかった……なら、エリスリリア神は……」

「聖と水です。光はありません」

「……そうなの……」

治癒魔法を発揮できるのは光か聖の属性を持った者だと思われがちだが、実際に重要なのは属性よりも加護があるかどうか。しかし、多くの教会、特に神教国は光と聖属性を持つ者を神聖視している。そして、異様に闇属性や邪属性を嫌うのだ。

そこで今度はミラルファが楽しそうな表情で問いかけてきた。

「そのようなこと、わたくしも初めて知りました……では、他の神はどうなのです？」

「ゼストラーク神は火、土、無属性。リクトルス神は風と邪属性です」

このことは、教会の者でさえ今は正確に把握してはいないだろう。

「では、光は……」

シンリームがまさかと驚きを持って呟いた。これに答えたのは、コウヤではなく、思考から戻ってきたルディエだった。

「元魔工神、聖魔神コウルリーヤ様だ。光、闇、空属性を加護対象にしておられる。常識でしょ」

「え？　そ、それって邪神のことでしょう？　それが光……」

「元はといえば、自分勝手な人々が、コウルリーヤ様を狂わせたんだ。秩序を作るために善悪の判断や倫理観、それらを教えておられたのに、それが窮屈だって撥ね除けようとした。それで邪神だと決めつけて……言っとくけど、実際はコウルリーヤ様が倒れた後の、三神の大粛清の方が被害が大きかったんだからね？　なんか全部コウルリーヤ様が悪いように言うけどさ」

　ムスッと明らかに不機嫌になるルディエ。それを見てコウヤは仕方がない子だなと笑ってしまう。

「ふふ。ルー君、落ち着いて。今は知らない人の方が多いからね。ところで、特定できたのかな？」

　そう問いかければ、ルディエは肩を落としてから答えた。

「第二王妃が契約してる闇ギルドの奴らだと思う。ねえ、第二王妃って大人しくさせてんだよね？」

　この確認はアビリス王とジルファスに向けたものだ。これを受けて二人は、はっきりと頷く。

「カトレアはもう部屋から出さんよ」

「見張りもしっかり付けているから大丈夫だと思う」

「そう。なら、契約切らせてくるよ」

ちょっと話つけてくる、とルディエが軽く告げる。これにまだ理解が及ばない皆を気にすることなく、コウヤとルディエは話を進める。

「一人で行かないようにね？」

「大丈夫だけど……分かった」

「それと、お仕置きは程々に」

「うん」

ルディエがその辺の者達に負けるとは思えない。だが、それでも数は力になる。ルディエも、コウヤが決して自分の力を信じていないわけではないと分かっているからこそ、了解した。

「あ、帰りにレンス様に伝言頼めるかな？」

「いいよ。なんて？」

「『今日を入れて三日王都に滞在します。帰りは良ければ一緒にどうですか』って、お願いできる？」

「いいよ」

辺境伯のレンスフィートは、明日にでも王都を出る予定だったはず。今回の緊急の召集以前に、その予定だというのは白夜部隊から情報をもらっていた。

レンスフィートはこのところ、妊娠中の娘を心配して王都と領都間をかなり無茶な行程で行き来している。このままではレンスフィートの方が体を壊してしまいそうなので、会っておきたいのだ。

コウヤの頼みに頷くと、ルディエはすぐに部屋を飛び出して行った。

それを見送ったコウヤは、この後どうするか考える。赤子は既に気持ち良さそうにイスリナの腕の中で眠っている。そろそろ引き取ろうと手を伸ばした。

「眠ってますね。ありがとうございます」

「いいのよ。本当にとっても可愛いわ～」

返してくれそうになかった。抱くのにも気を遣う新生児を過ぎた状態なのも良いのかもしれない。

「わたくしにも抱かせてくれない？」

いつの間にか近付いてきていたミラルファ王妃が頼み込んできた。

「あ、はい。ではお願いします」

「ふふっ。あ～、なんて可愛いのかしら……あの子達にも見せても？」

「もちろんです。重くなったらあの籠に寝かせていただければ」

「分かったわ」

ミラルファ王妃は赤子を嬉しそうに抱いて、メイド達に見せに行ってしまった。そうなると、やはりこの後やっておきたいのは……とコウヤはリルファムを見る。

「もうあまり反応するような人は近付かないかもしれないけど、このままってのもね……」

「どうにかできるの？」

「ええ。対処法は簡単ですよ？　闇属性を身につければ良いんですから」

「……でも、そんなに簡単かしら？」

「大丈夫ですよ。寧ろ、闇属性は比較的覚えやすい属性ですからね」

「……覚えやすい？」

誰もが信じられないという表情を浮かべている。当然だ。先天的に持っている属性を鍛えることさえ難しい。本来、新たに属性を身につけるというのは何年、何十年という時間や努力が必要なのだ。

しかし、コウヤはなんてことないように笑みを浮かべていた。

「光属性を持っているなら、後は理解だけです」

「へ？　理解？」

ジルファスが確認するが、コウヤは笑うだけ。ということで『やってみよー』と、早速準備を始める。とはいえ、その前にアビリス王に許可を取る必要はある。

「お部屋の……そこの一画をお借りしますね。魔法を使わせてもらいます」

「ああ。いや、そこだけで良いのか？　なんなら部屋一つ用意させるが？」

「いえ、家具とかあると危ないですし、広さはどうとでもなるので」

「そうか……」

この部屋は広く、コウヤが指定した部屋の一画は家具も何もない、小さな子どもが走り回れるだけの広さがある。

コウヤはこの場所で魔法を使うということに反対されるかと思ったのだが、最初から信頼は高いらしい。騎士達が崇拝するほどの尊敬を示しているのだ。何かあるはずがないと思っているのかもしれない。それはそれで少し不用心だなと思いながらも好意に甘えた形だ。

結界を天井近くまで大きく上に広げて、その一画を四角く覆う。そして、そこを闇で満たした。

「……まっくろ……」

リルファムが不安そうに服の裾を掴んで立ちすくむ。そんなリルファムの前にコウヤが、目を合わせるようにして膝をつく。そして、その握られた小さな手に触れた。

「大丈夫ですよ。リルファム殿下は光属性を既にお持ちです。闇とはどういうものなのか、それを知って、光と闇、どちらかだけではいけないことを理解すればいいんです」

「……でも、むずかしいこと……わからないです……」

「ふふ。思ったこと、感じたことを素直に受け止めるだけでいいんです。私も傍に居りますから」

「……はいっ」

握り返してきた小さな手を、コウヤはその手で包み込んだ。

「では、行きましょうか」

そうして、手を引いてその中に入る。結界をするりと通り抜けた。

中は闇だ。自身の体さえ見えない。

「っ……っ」

「大丈夫です。闇は、何も見えませんよね」

「っ、はい……めを……あけてるのにっ……」

「そうです。目を開けているのかどうかさえ分からない。それが闇です」

コウヤの指をギュッと握る手に、先ほどからかなり力が入っていた。

「では、次です。目を閉じられますか？」

「はいっ」

リルファムの返事を聞くと、コウヤは今度は闇ではなく光でこの場を覆う。

「っ……」

「無理に目を開けなくてもいいです。これでも分かりますね」

「っ、はい……まぶしいっ」

「そうです。光だけでも何も見ることはできません」

「うっ……」

次に少しだけ光を緩めていく。それに気付いて、ようやくゆっくりとリルファムは目を開けた。

「これくらいになれば見えますね。ほら、足下を見てみてください」

「っ、あ、かげ……」

リルファムとコウヤ、それぞれを中心として沢山の影が出来ていた。様々な方向に出来ているそれを、リルファムは不思議そうに見つめる。

「そうです。光は強過ぎれば確かに闇を払います。何をも見えなくするのですから。それは闇でも同じです。ですが、少し弱めればこうして影を生みます。でも、これは怖いですか？」

「ううん……めをあけられないくらいのほうが……こわかったです」

「ええ。そうです。強い光は恐ろしくも思えるものです。では次に闇です」

ゆっくりと闇で覆い、影がそれに呑まれていく。しかし、自身の体はまだ辛うじて見えていた。

「闇は全てを隠してしまいます。ですが、その中でなくては見られないものもある」

　コウヤはいくつもの光の球を出現させた。目がやられない程度の柔らかい光だ。そして、球の大きさは卓球の球くらいだろうか。

「うわぁ……きれい……」

「闇の中でなくては、光はこのように美しくは見えないんです」

「はい……ひかりもやみも……ひつようなんですね……」

「そうです。闇の中でも動くこと、使うことを知れば、きっと怖いものではなくなります」

「つかう？」

　暗いのは怖い。そう思うのは子どもならば仕方のないこと。見えないことは不安で、想像力が豊かだからこそ、何かそこにあるのではないかと思い、恐怖が増す。

「そうです。リルファム殿下は王族です。だからこそ、気を付けなくてはならないこともあります」

「っ、あ、ねらわれることですね」

　リルファムは賢い。王族の子どもは、わけが分からないながらにも、早くから多くのことを覚えさせられる。だからこそ、余計に闇の怖さを教え込まされてしまったのだろう。それが『属性過敏症』に拍車をかけたのだ。

「悪い人が来た時、光なら目眩ましに使うことができます。さっきみたいに、光が強いと目を開けられませんよね」

「はいっ。めをつむってるあいだに、にげるんですねっ」

「そうですね。それに一瞬だけ、身を守ろうと、相手は必ず体勢を崩しますから、そこを突くというのもあります。ですが、闇との付き合い方を知っている人は、見えなくても人がどこにいるか分かるようになります」

「じゃあ……にげられない？」

「逃げ切ればいいんです、味方の所まで。だから、殿下も闇と上手にお付き合いしましょう」

そうして、ゆっくりと光の球を消していく。

「これから手を離します。少しだけ離れますから、見つけてください」

「え？　で、でもっ」

「この中にはいます。時々声も出しますから、よく聞いて感じてください。『暗闇隠れんぼ』ですよ」

「かくれんぼ……わかりましたっ」

「ふふ。ではスタート」

「っ……」

ふっと光が消えた。少しだけ目が眩んでいることだろう。けれど、リルファムは一度目を閉じて深呼吸をする。

「そうです。落ち着いて。ゆっくりでいいんです」

「はいっ」

目を開けたリルファムは、自分の手が、近くにすれば見えることが分かった。ならば、目を閉じているのかどうか分からないようなあの濃い暗闇ではない。そう思えば一歩を踏み出せた。

「足下の感触も確かめながら、ゆっくりと来てください」

「っ、あしもと……あ、じゅうたんです」

「そうです。躓かないように気を付けて」

この感触は知っていると頷くと、リルファムは進むことに躊躇いがなくなった。

「あまり左に行き過ぎると結界の壁に当たりますよ」

「ひだり……」

リルファムが手をそろっと伸ばしてみると、何かに当たった。これが壁と確認する。近付けば、少しだけ淡く光っているように見える。

「もう少し壁伝いに歩いてから、壁を背にして進むと、ここに来られるかもしれませんね」

「えっと……」

壁に手を当てながらそろそろと歩いていたのだが、不意にリルファムは闇が怖くないことに気付いた。夜も淡い光がないと眠れないのに、今は全く怖くない。寧ろ少し楽しいと感じている。

「ふふ。面白くなってきましたか?」

「っ、はいっ……あれ?　コウヤにいさまは、みえてるんですか?」

「ええ。見えますよ。だって、闇の色はまだ薄いですよね」

「っ……あっ」

濃い闇を知っているのだ。だが、今は近付けば見えるほど薄い。そう気付いたら何かを感じたようだ。壁から手を離して駆け出す。そうして、大きく手を広げてそれに思いっきり抱き着いた。

「にいさまみつけたっ」

「ふふっ。よくできましたねっ」

「はいっ」

今のリルファムには、コウヤの笑顔も見えていた。

「では出ましょう。みんな待ってますからね」

そう言うと、ふっと一瞬にしてコウヤは闇も結界も全て消してしまった。

「リルっ、どう？」

真っ先に駆け寄ってきたのは心配顔のイスリナだった。リルファムが手を伸ばすと抱きすくめる。

「心配させてすみませんでした」

コウヤはイスリナに頭を下げた。

「あ、いいの。ごめんなさい。リルのためにやってくれたのだもの」

母である彼女が心配するのは当然だ。結界の中は外からは全く見えなかったのだから。

「でも、それでリルは……」

「はい。ちゃんと闇属性を習得されました。それも感覚がとても良くて……いきなりスキルレベルが【中】です」

「……え？」

イスリナが動きを止めた。

「ちょっと感心してしまいまして。ついでに気配察知スキルと暗視スキルまで取ってもらいました」

「へ？」

今度はリルファムが目をパチパチさせる。

そこでこの部屋にいた誰もが動きを止めていることに気付いて、今度はコウヤが目を瞬かせた。

「あれ？　みなさん、どうしました？」

籠の中で眠る赤子を囲んでいたらしいメイドやミラルファ王妃も、こちらを見て目を見開いていた。そして、誰もが同時に声を上げた。

「「「ええええええっ!!」」」

赤子が籠の中で良かったとコウヤは思った。

彼に真っ先に詰め寄ったのは、騎士達だった。目の前で土下座されたのだ。

「コウヤ様！　是非、是非、また訓練を付けてください！」

「暗視スキル欲しいです！」

「もっと気配察知スキル上げないとダメな気がしました！」

なんだか必死だ。

「えっと……まとまったお休みが取れたらユースールに来られるという予定ではなかったですか？」

「「「はい!!」」」

もうその予定はしっかり立てているらしい。

「ならその時ですね。自主的にでもやると良いですよ？　暗視スキルは普通にしていても、月明かりしかないような暗さの場所を、半年くらい毎晩見回りしていたら身につきますし、気配察知スキルなら、それこそ裏の方々の気配を感じ取れるように一時間くらい集中してみると良いです」

やれることは沢山ある。それに、努力した分だけ成果として確実に身につくのがこの世界の良いところだ。スキルとして表示されるのもやる気に繋がるだろう。やる気はとっても大事だ。

「え、そんなことで？」

「でも……それを殿下はこの数分で……」

「これ、殿下が凄いの？　コウヤ様が凄いの？」

なんだかコソコソと相談し始めたが、恐らく納得したのだろう。そう判断したコウヤは、そわそわしているジルファスや、呆然として固まってしまったアビリス王の所へ戻る。

「お騒がせしました。『属性過敏症』はもう問題ないと思いますが、元々気管支は弱いようです。体力作りは必要ですね。咳き込んだ時は、酷くなければ薬の必要もありません。なるべく乾燥しないように、夜は部屋を加湿してください。もちろん、これは宮廷薬師の方々のお仕事ですよね」

そうテルザへ振れば、しっかり頷いた。それを見て、ジルファスがホッと息を吐く。

「なら、薬師達に頼めば、あとは問題ないということだね？」

「はい。大丈夫ですよ。診たところ虚弱体質というわけでもありません。ただ、病気になった時に一番はじめに反応する所が気管支や喉なのだと思います。肺をしっかり鍛えるためにも、日頃からお散歩されるといいですよ」

「よく咳をするものだから、リルはあまり歩き回らない方が良いと薬師は言っていたんだが……」

「もちろん、原因が分からない内はそれでも仕方ありません。場合によっては悪化する場合もありますからね。ただ、リルファム殿下にそういう疾患はありません。大丈夫ですよ」

ニコニコと笑って安心するように言えば、ジルファスも笑った。

「ありがとう……」

「いえ」

これを聞いていたリルファムは、イスリナから離れてコウヤの傍まで来る。

「あの、コウヤにいさま……ぼくもおとうさまみたいに、たたかえるようになりますか?」

「リル?」

ジルファスが少し驚いたようにリルファムを見つめている。それを目の端で捉えながらコウヤはリルファムと目を合わせた。

「戦えるようになりたいのですか?」

「つよくなりたいんです！　そうしたら、おかあさまやおばあさまをまもれます！」

「まあっ……」

「リル……っ」

イスリナは息を呑み、未だメイド達と赤子を囲んでいるミラルファ王妃は感動で打ち震えていた。ジルファス達も嬉しそうだ。だが、コウヤまでここで一緒に感動していてはいけない。相手は子どもだからと誤魔化してはいけないのだ。

「誰かを守るのは大変ですよ？」

「はい！　きびしいのはこわいけど、がんばれます！」

「沢山泣くことになりますよ？」

「でも、つよくなれますか？」

「ふふ。お勉強でも同じですよ。教えられたことが出来なくて、悔しくて泣けるようになったらスタートです。諦めずに、それでもやろうと思ったら、やっと一歩です。サボったらまたスタートの位置に戻ってしまう場合もある。そういう大変なことですよ？　頑張(がんば)れますか？」

「がんばります！」

「ふふ。今日のことを忘れなければ、きっと強くなれますよ」

「はい！」

まだ歳は五つほどと小さいけれど、しっかりした子だ。スキルもあれだけで取れてしまったのは、きちんと常に考えているから。そういう子は頑張り過ぎてしまうかもしれないが、そこは周りの大人達が力の抜き方を教えていってやればいい。

「ならまず、体力を付けるために、少しパックンと遊んでみますか？」

「ぱっくんとですか？」

《いいよー♪(´▽`)》

パックンはぴょんぴょんと跳んでこちらへ近付いてきた。その間にジルファス達へ目を向ける。

「ジルファス様、いいですか？」

「え？　ああ。ケガ……はしてもすぐに治してくれそうだね。部屋の中ならいいよ」

「大丈夫ですよ。パックンは案外面倒見がいいですから」

それなら頼むと頷くので、パックンへ声をかける。

「パックン、さっきの所で結界を張って。あと、これくらいのゴムボールあったよね」

《コレね(=^▽^)σ》

パックンが取り出したのはバレーボールサイズの柔らかいゴムボールだ。当たっても痛くない。その上、結界でポヨンと跳ね返ってくるはずだ。

「ボールがどこかへ行かないようにパックンが結界を張りますからね。遊んでみましょう」

「はい！」

嬉しそうにリルファムはパックンの方へ走って行った。すぐにきゃっきゃと笑う声が、少し結界で抑えられて響くようになる。

「あれは？」

アビリス王が、リルファムとパックンが投げ合ってポヨポヨと受け止め合うボールに目を留めた。

「ゴーマという木の樹脂から作っています。ゴムボールです」

「もしや……君が作ったのか？」

「はい。商業ギルドには登録していますので、そろそろ出回ると思いますが。まず馬車の車輪に取り付ける方を優先させましたので、ボールの方は遅れているんです。大きさや硬さも色々ありまして、遊び方も色々ですよ」

そこでアビリス王は思い出したようだ。

「そうだ。もしやあの素材は『タイヤ』の？」

「ええ。あれをもっと柔らかくしています」

「なるほど……いや、あれは凄いと思っていたのだ。君だったのか」

「ユースールではボールも一緒に広めたのですが、タイヤの方が商人の方の目に付くらしくて」

外の商人達は真っ先に『貴族に売れる！』とタイヤに目の色を変えていた。そのため、ボールの流通が遅れているのだ。アビリス王も納得した。

「そうであったか……いや、あの『ボール』も素晴らしいと思うのだがな」

「ありがとうございます。では、よろしければ後ほど献上させていただきます」

「あ、いや。そんな……すまんな」

「いいえ。リルファム殿下も楽しそうですし。一緒に結界石もお渡しします。ボールだけ外に出せなくなる特殊な設定のものなのです」

「なんとっ。それは面白い」

四つの地点に設置して範囲指定できる、結界を作るだけの石だ。他のことには使えない。しかも、もしも結界の中以外で使ってボールを失くしてしまっても、ボールを喚び戻せるという特殊な使い方もできる。コウヤはボールを失くす悲しみを前世で味わった。それを思い出して『出来たらいいな』という感じで作ったら出来てしまった。

「だが、これではしてもらってばかりだ……何か礼がしたいのだが」

アビリス王のその申し出に困っていると、コウヤはふと思い出した。

「あ、それでしたら、一つお願いを聞いていただけませんか？」

「なんだ？」

本来ならば王に頼み事など眉をひそめられそうだが、アビリス王は任せろというように身を乗り出した。

「その、どちらにこの話を持っていけば良いのか、はっきり言って分からなかったもので、申し訳ないのですが……」

本当はきちんと手順を踏んでと思うのだが、分からなかった。それはセイに頼まれたこと。

「王都に『聖魔教』の教会を置いていただきたいのです。場所はテルザさんの邸宅(ていたく)の辺りに」

「ん？　テルザの？」

「え？」

テルザが声を上げる。先にそっちに言うべきだった。申し訳ないとコウヤはテルザへ目を向ける。

「すみません、テルザさん。実はあの子が生まれるのに少し事情がありまして……お屋敷の所が聖域になってしまったんです」

「……は？」

口と目を開けて、聞いていた一同は動きを止めてしまった。

特筆事項⑤　城内が騒がしくなりました。

真っ先に説明を求めたのは、それまでリルファムのボールを羨ましそうに見つめながら聞いていたアルキスだった。王弟アルキスは、さすがは冒険者として渡り歩いてきた者というか、この場の誰よりも冷静だった。

「なにがあってそんな聖域に？　聖域ってのは、めちゃくちゃ時間と魔力を使うやつだろう？」

聖域は、何日も魔術師達が儀式を続けて、それこそ魔力を何度も空にしなくては出来ないものだ。

それなのに、コウヤはテルザの邸宅の辺りだと言った。そこで何日も儀式を行っていたような節はないし、何よりも広い範囲の人払いが必要となる。テルザの邸宅がどこにあるか知っていたアルキスにはそれは不可能だと確信できた。

「あの子が古代人種だというのは知っているんですよね？」

「おう。聞いたな。そんで羽があるんだろう？」

「ええ。昔はもっとこの世界に魔素が満ちていたんです。彼らは周りから魔素を吸収して成長し、ある程度の能力を身につけてからタマゴから孵っていたみたいで」

コウヤは神界で見た過去の資料をきっちり頭に入れていた。そこで、彼らの種族があまりタマゴを温めていたりしなかったというのも分かっている。元々、強い魔獣や魔物も多い過酷な世界だった。だからこそ、それらを相手にするため、タマゴを守るために両親達はタマゴから離れて戦うし、子どもは野生の動物のように、生まれてすぐにでも身を守れるような生態をしていたのだ。

タマゴの時に、コウヤ以外の者が持ち上げられなかった理由もこれにあるらしい。親と認めた者にしか移動できないよう、強い者ほどタマゴを重く感じる仕組みになっていたのだ。とはいえ、このことに気付いたのは最近だった。

因みに、コウヤがずっとタマゴを抱いていたのは、今と昔では魔素の量がかなり違うからだ。かつては放っておいても孵ったかもしれないが、今の世界では無理だった。

だから、コウヤは自分の周りに魔素を集めていたのだが、タマゴの方がいつの間にか環境に適応し、コウヤの魔力を吸収できるようになっていた。

「俺の魔力を魔素に変換して吸収できるように適応したらしくて。ただ、純粋な魔力になっている部分を吸収し切れなくて、生まれる時にそれがまとめて放出されてしまったんです」

「溜め込んでた魔力が一気にってことか……それもコウヤは聖女の子ども。それで聖域かよ……」

「聖属性って分解しにくいんですよね。意外と融通利かないんで」

当たり前のように皆、コウヤには聖属性があると思っているのは助かる。もちろん、聖属性は今言ったように分解しにくいので、確かに吸収し切れなかったようだが、実際に大量に溢れ出たのは神としてのコウヤの純粋な魔力の方だった。

とはいえ、嘘は言っていない。上手く誤魔化せたようで良かった。

「本当にびっくりしましたよ。下手をすると、王都全体を聖域にするところでしたから」

「……今、何つった？　王都全体を聖域にって言わなかったか？」

「はいっ。危なかったですよねっ。セイばあさまが気付いて、結界を張るように言わなかったら、今頃はここも完全な聖域です。神教国にケンカを売るところでした～」

「……」

先ほどから、アビリス王はもはや驚き過ぎて放心しているし、ジルファスとシンリームは口を開けたまま固まっている。他のミラルファ王妃達やメイド達は全員『聞こえません。聞いてません』を実践中だ。王族の女性や王宮に仕える彼らには、何かを聞かなかったことにする力が標準装備だった。

一方、コウヤを崇拝する薬師達や騎士達は違う。『凄いことするな～。さすがはコウヤ様！』と肯定するのが当たり前になっている。

ただし、自分の家が聖域になってしまったというテルザだけは別だ。どうしようと焦り気味だった。

「わ、私の家だけですか？」

「周りも少し入りましたね。でも、お隣とか人、住んでませんでしたよね？」

「はい……周りは売り地で……今回、ようやくあの辺りが一緒に売りに出せると……」

周りは空き地であったり、空き家だったりしたのは確認していた。その中心がテルザの屋敷。実は彼が庭で育てていた薬草なんかの匂いが嫌で、周りが立ち退いたという噂もあった。

場所は悪くなく、テルザさえ立ち退けば、大きな貴族の屋敷も建てられる。ユースールに来る前までのテルザは、厄介な『頑固じじい』だったのだ。その自覚があるので、テルザも申し訳なさそうに説明していた。

「そうですか。丁度良かったです！　なら、あの一帯を全部、俺が買い取りますね。陛下に許可をいただいたら、教会を建ててしまいますから。あ、もちろん言い値で買いますよ？　王都の地価ってどれくらいでしょう？　大丈夫だと思うんですけど」

小さい時から、それこそ迷宮にも潜っていたため、貯金額は膨らみ続けていた。ほとんど使わないのだから当然だ。そして、それはベニ達にも言える。コウヤの何十倍も生きてきた彼女達の貯蓄額も半端ない。

なので、王都の半分を買い上げても問題ない金額を捻出できた。今回は恐らく、コウヤの持っている分だけで土地も建築費用も出せてしまうだろう。

「い、いえっ。常識の範囲内で結構ですっ。寧ろ、私にも協力させてください」

コウヤの非常識さを理解し始めているテルザは、自分が関わることでコウヤが目立たないようにしようと考えているようだ。これには慣れたもの。コウヤの周りの大人達は大抵そういう思いで行動を起こす。それを察すると、加減することを少しだけ思い出すコウヤだ。ただし、少しだけ。

「ありがとうございます。そんなに変に目立つ教会にはしませんし、大丈夫ですよ。ドラム組にお願いすればすぐですし」

「っ、そ、それは……っ」

テルザが青ざめるのも無理はない。ドラム組はユースールで働く優秀な大工の一団だが、家具の製作も請け負っており、その品質の良さで国内外から支持を集めている。

ユースールの外の者には家具屋だと思われているから今はまだ良いが、大工としてのあの一流以上の仕事ぶりを知られたら大変なことになる。通常、三ヶ月かかる工期を三日から五日で終了させるのだ。異常に決まっている。

「工事が始まったことにも気付かないくらい、あっという間に出来上がりますよ♪」

「……」

それならば良いか。テルザはそう思い始めて思考に沈んだ。こうしてコウヤの周りでは、多くの者が上手く丸め込まれて流されてしまうのだ。そして、コウヤは切り替えが早い。

「それで、陛下？　教会を建てる許可は取れますでしょうか？」

「っ、あ、ああ。明日にでも手続きをさせよう。ただ、教会を管理する司教かそれに準ずる者との面談が必要なのだ」

本来ならば、教会の代表者が王に謁見を申し出て、そこで会談し、許可を出すらしい。間違っても今回のコウヤのように、アポもなくついでのようにお願いしたりはしない。

「では、ご用意できました頃に、ばあさまを連れてきます」

「その『ばあさま』はシスターか？　できれば新しい教会なのでな。代表をお願いしたいのだが」

『ばあさま』と言えば女性だ。司教や司祭に女性を採用している教会は、王都にはあり得ない。なので、アビリス王も表情を曇らせたのだ。しかし、コウヤの言う『ばあさま』はただ者ではない。

「いえ。ばあさまが代表になります。職業が『大神官』と『大巫女』ですから心配ないかと。人の定める司教や大司教よりも上の立場ですからね」

「……なに……？」

「あれ？　皆さん、どうしました？」

再び固まった一同。聞かなかったふりも利かないほどの衝撃だったらしい。

《主さま……ちょっと衝撃与え過ぎでしゅ》

ダンゴは赤子をミラルファ王妃達に任せ、コウヤの肩へ飛び乗ってくる。

「そう？　う～ん。お茶の用意でもしようかな？」

《それがいいでしゅ》

そうして、皆が再起動するまで、パックンとボールで遊ぶ楽しそうなリルファムの声を聴きながらお茶の用意を始めた。

コウヤはダンゴとおやつをしながら考えていた。

「いい名前が思いつかないんだよね～」

《主さまはこういう時は意外と優柔不断でしゅっ》

「だって～。子どもだよ？　一生名乗るんだよ？　変な名前つけられないでしょ？」

コウヤは種族名も決めなくてはならない。いつまでも古代人種で通すわけにはいかないのだ。

「女の子だし、可愛いのがいいよね。でも、ボーイッシュな子になったら嫌がるかな～」

《……そこまで考えたら一生決まらないでしゅよ……》

「う～ん……困る……」

なぜ前もって考えておかなかったのか。後悔しきりだ。

「けど漢字じゃないしね。そこはまだ決めやすいかな……」

これで漢字だったら、もっと決められなかっただろう。前世のコウヤは『洸夜(こうや)』と、まだ分かりやすい字だったたから良いが、友人の中には中学校でも習わない難しい字を使っている者も多かった。

『習ってないから書けない』と小学三年生でも文句を言っていた子もいた。なんとなくで書いて、違うと言われて『なら書けない！』と意固地(いこじ)になる子もいる。それを見ているから、コウヤは難しい漢字を使った名前は自分の子には付けないぞと思っていた。

とはいえ、いざ子どもの名前を決めるとなったら、意味のある難しい文字を当てたかもしれない。それを考えると、この世界ではアルファベットのような文字で数が限られているので、問題はないだろう。

「パックンやダンゴは直感で決めたからね～。ツバサちゃんってダメ？」

《まんまでしゅね……ダメだと思いましゅ……》

「え～……コハネちゃんとか？」

《……主さまは真剣に考えてるのか、いい加減なのか分かんないでしゅ……》

ダンゴに思いっきり呆れられた。そこにルディエが戻ってきた。

「あっ、ルー君お帰り～」

「……兄さん、何したの？」

部屋を見回して、フリーズする大人達の様子からルディエは何かを察していた。

「ん？　教会を建てる許可をお願いしたところだよ」

「……それだけじゃない気もするけど……まあ、いいか。こっちは、一応話付けてきたからね」

「ありがとう。でも『一応』？」

ルディエにしてははっきりしないな、と気になった。

「闇ギルド所属の奴らは問題なかったんだけど、無所属で居場所が分かんないのが数人いたんだよ。そういうのは、直接話付けないとダメだから、今捜索中」

「そっか。でもそういう人って……」

コウヤは裏で生きる者達についても知らないわけではない。だから、闇ギルドに所属しない、自分の信念だけで動く人達がどういうものか知っている。彼らは往々にして頑固であった。

「うん。だから僕だけ先に戻ってきた」

「そうだね。でも、すぐには動かないだろうし、ちょっと食べておいて。お昼は何食べたい？」

「この辺の料理なんて珍しいものないよ。どこの店も混んでるし」

ルディエをソファーに座らせて、冷たいジュースを手渡す。ルディエは紅茶よりもフレッシュジュースが好みだ。仕事の後は特に。

それに、店に入って食事をするのは慣れないらしく、外食の際はできれば知っている者だけの個室でテーブルを囲みたいタイプだ。慣れたユースールでは個室でなくとも嫌がりはしないが、王都は嫌なのだろう。

そうは言っても仕事も頼んでしまったし、コウヤとしては落ち着いて食事はしてもらいたいと思っていた。

「なら、市場に行って、珍しいものがないか見てみようか。適当に屋台とかで買い食いしてお昼は軽く済ませて、夜は俺が作ればいいし。ばあさまもあの状態だと落ち着くまで食事しないだろうから」

セイは現在、自身やあの場の魔力を調整している。

彼女やベニ、キイも口にはしないが、コウヤがコウルリーヤ神の生まれ変わりであることは察していた。人として生まれたからには、人としての生き方も楽しんで欲しいと思っているのだろう。

神であるからとか、そういう使命のようなものを気にせずにコウヤが暮らせるよう、口にすることは避けているのだ。それは神子であるルディエや、無魂兵だった者達も心得ており、コウヤを敬うが、崇めるような態度を取りはしない。

よって、セイはあの聖域が出来てしまった本当の理由であるコウヤの神気についても言明しなかった。今は普通の聖域レベルに収められるように調整しており、それと同時にセイの体に起こった変化の調整中なのだ。

教会を建てる許可を取って来いと言ったセイの真意は、落ち着くまでしばらくコウヤは近付くなということ。これにルディエも気付いている。

「それでいいよ。そういえば辺境伯が、良かったら屋敷に泊まらないかって。帰りは一緒にって」

「分かった。せっかくだからお邪魔しようか。お礼に夕食を作らせてもらおうかな」

「いいと思う」

レンスフィートは変にこういう時に遠慮すると落ち込む。普通は本気に取ってはならない、貴族のお約束的な言葉なのだが、コウヤに対しては本気なのだ。

元々、レンスフィートは貴族同士とそうでない相手とはしっかりと扱いを分けている。貴族のお約束は貴族同士でのもので、コウヤには使わないというのがレンスフィートらしい。

ルディエは屋台のものよりも、コウヤの広げた目の前のお菓子でお昼を済ませたいらしく、次々に口へ運んでいる。

そこへ、遊びに満足したリルファムがやって来た。汗をかいていたはずだが、パックンがどうにかしたらしく今はさっぱりしていた。大人達の心情などリルファムには察せられないので、動かなくなっている大人達のことは不思議に思いながらも無視だ。

「コウヤにいさまぁ。たのしかったですっ」

「そっか。よかった。ジュース飲む？　いつも何飲んでるのかな？　えっと、毒味役さんいます？」

キョロキョロとするコウヤに気付いてくれたのはイスリナだった。

「あっ、毒味？　それはコウヤさんが作ったもの？　それなら必要ないわっ。分けてもらえるの？」

「はい。イスリナ様もどうぞ。甘いものはお嫌いではありませんか？」

「あまり甘過ぎるのは好きではないけれど、気にしなくていいわよ？」

リルファムはミルクが好きだというので、ミルクを混ぜたミックスジュースも少し出してあげた。お昼前なので、彼にはサクサクの野菜クッキーを用意する。

「おいしいですっ。これならおやさいもたべれますっ」

赤や緑、黄色というカラフルな色の小さめなクッキーを嬉しそうに摘んでいた。一方、イスリナに用意したのは、アップルパイだ。りんごの甘さだけのシンプルな甘さ控えめのケーキである。

「完全に色づいて、出荷される前に落ちてしまった酸っぱ味もあるりんごを多めに使っているんです。歯ごたえも残っていますし、甘過ぎなくて男の人にも人気なんですよ～」

農家で売りに出せないものとして廃棄予定だったので、コウヤがまとめて買い上げた。もちろん、格安だ。その後、そういったものでもコウヤか飲食店に捨てる前に相談するようにと、近くの農家に一言告げておいた。これは果物だけに限らず、野菜もそうだ。

「分かるわ！　すっごく美味しいものっ。ちょっと酸味もあって甘過ぎないのが良い！」

「お気に召したようですね。紅茶もどうぞ。香りは甘めですけどスッキリした後味の花茶です」

「これも良いわっ！　あれはなに？」

イスリナはテーブルにあるお菓子を楽しそうに摘んでいく。取り分ける必要はないらしい。寧ろ自分でやると言って目をキラキラさせていた。この事態に、ようやくミラルファ王妃やシンリーム、ジルファス達も気付いた。匂いに誘われたらしい。

「わ、わたくしにもくださる？」

「私ももらってもいいかな……」

「どうぞっ」

そうして、楽しいお茶会へと変わっていった。同時に、コウヤは赤子の名前を考えるという仕事を完全に先延ばしにする。

ダンゴとパックンはため息をつきながら、まだ名前のない赤子をあやし続けていた。

教会を建てる許可も問題なく取れそうなので、そろそろお暇(いとま)しようとコウヤは席を立とうとしたのだが、これが簡単ではなかった。最初に引き留めたのはアビリス王だった。

「も、もう少し良いではないか？」

「いえ。こちらも色々とお忙しそうですし」

そう言った理由は、コウヤには捕縛されていく貴族達の様子が手に取るように感じられていたからだ。それを指摘したのはルディエだった。

「後半に確実なのを残しておいたのはまずかったんじゃない？」

「ん？　どういうことだ？」

アビリス王は察せなかったらしい。なのでコウヤが補足(ほそく)説明をする。

「特に問題のない方々とのお話し合いを優先されたようですね。残った捕縛予定の方達が慌てて逃げ回っているようです」

「は……？　いや、まさか……？」

今の今まで、アビリス王はコウヤという孫がいた事実の方が衝撃過ぎて、現在行われている城内の粛清作業を忘れていたらしい。ここまで聞いたことで、アルキスも気付いた。

「うおっ。マジで逃げ回ってんじゃね？」

「気付くの遅いよ。それでもAランク？　ってか、報告も遅い」

ルディエが呆れるように肩をすくめた直後、部屋に騎士が飛び込んできた。

「失礼いたします！　ご報告申し上げます！　捕縛予定の者二十数名が控えの間より脱走！　現在、魔法師の結界により城の出入り口を封鎖して、捕縛に移っております！　なお、これにより宰相と複数の兵が負傷！　逃走には外部の何者かが関与している模様！」

呼ばれた人から別室で尋問する手筈だったのだが、無関係な者達を先に帰すことから始めたのだ。残った者達は人が少なくなったことで、顔を見合わせて察した。そして、捕縛から逃れるため、一致団結して逃走を図ったのだ。

その折、何名かが城に手の者を潜ませていたらしく、それが手を貸していた。コウヤとルディエには、城内の様子が分かる。手を出すべきではないと思い、これ以上面倒になる前に帰ろうとしたのだ。別に封鎖されていようがコウヤ達には関係ないのだから。

「なに⁉」

思わず皆が腰を浮かせるその中で、リルファムが怯えていた。大人達にはそんな彼の様子は目に入っていない。仕方なくコウヤが手招く。

「大丈夫ですよ、リルファム殿下」

「で、でも……わるいひとたちが……っ。さいしょうさんもケガをしたって……」

「ふふ。ちょっと鬼ごっこしてるだけですよ。宰相さんは転んでしまったんでしょうかね？　お城の中からは出られませんから、ちゃんと全員捕まえられます」

「ほんとうですか？」

「はい」

コウヤの隣にちょこんと腰掛け、リルファムはコウヤにくっ付いた。冷静な時のジルファス達しか知らなかったのだろう。彼らが顔色を変えたことで、リルファムは悪いことが起きたのだと怯えたのだ。

そこに、今度は魔法師らしき者が駆け込んできた。これは少しまずいなとコウヤも思った。先ほどからどうにもこちらが劣勢のようだ。

「へ、陛下……ご報告をっ……城内に入り込んだ者が、結界を張った魔法師を次々にっ……っ」

「騎士達に護衛させよ！　城から出してはならん！」

「俺も出るぞ」

「叔父上、私も行きますっ」

アルキスとジルファスが動き出した。それを見て、リルファムは涙を浮かべていた。これはいけないなとコウヤはルディエへ声をかける。

「ルー君。裏の人達を、味方の裏の人達と一緒に潰してきてくれる？」

「いいよ」

その一言だけでルディエは姿を消した。

「え？　あれ？　ちいさいおにいさんは……？」

「悪い人達を注意しに行ってもらったんですよ」

「ちゅういですか？」

「悪いことしたらダメだよって言われるでしょう？」

「はい。ダメだっておしえにいったんですね……」

　そんなことできるんだなとリルファムはびっくりしていた。お陰で涙は消えたようだ。

　コウヤは良かったとリルファムの頭を撫でておく。

「このままだと俺も帰れないし、ちょっとお手伝いしようかな。騎士さん達、手伝ってくれますか？」

「「「え？　お任せください！」」」

　彼らは驚きながらも当然ですと敬礼した。

「ここの護り(まも)はダンゴに任せます。なので、安心して出撃していいですよ」

《あい！　でしゅ！》

「「「了解であります！」」」

　ダンゴのことは、普通にユースールでジルファスの護衛を任せるくらい信頼している騎士達だ。

「そこの魔法師の方。他の魔法師の方に伝言を頼めますか？」

「え？　は、はい……」

「では、結界を強化してください。お一人ずつに護衛を付けます」

　そう言ってすぐにコウヤは、その魔法師の影から護衛騎士を作り上げた。

「へっ？　ま、まさかっ、えいっ『影兵（えいへい）』⁉　あ、いや、『影士（えいし）』⁉」

「『影騎士（かげきし）』ですよ。鎧（よろい）は派手（はで）ですけど金にしときました。これを全ての魔法師の方に付けますね」

「はいぃぃぃ⁉」

『影兵』とは影をそのまま、武器も持たない壁役として作り出した人型のもの。姿は黒い人だ。立体でもない、本当に影をペラリと起き上がらせただけのものになる。とはいえ、かなりの防御力を誇る。

『影士』はその上位のもので、剣を持っており立体。それこそ黒い人型。防御はもちろん、戦ってもくれる。

　そして、最上位が今回コウヤの作り出した『影騎士』で、確かな実体を持つ。術者のイメージが反映され、鎧や剣もはっきりと見えるものになっている。これらは守る者の影から出来ていることもあり、あまり離れることができない。

　前記二つは影の中では消えてしまうというデメリットもあるが、最上位の『影騎士』だけは、どれほど濃い影の中であっても変わらず存在し続けられる上に、離れられる距離も三倍ほど広い。ただし、最初に出現させる術者の込めた魔力に比例して強さや持続時間が変わる。だが、今回はコウヤが作り出したのだ。半端なものではない。

「実力はそれぞれ冒険者のAランク相当にしておきますので、魔獣相手でも引けをとりません。安心して動いてください」

「っ、っ、っ～!?」

魔法師達は驚き過ぎて声が出ないらしい。

「伝達の魔導具があるんですよね？　他の方々に結界を強化するよう伝えてもらえませんか？　でないと結界が万全になりませんし」

「は、はひっ」

動揺する魔法師の隣では、出現している『影騎士』が気を遣ってその彼の背中をさすっていた。気遣いもできる護衛だ。

「で、伝達いたしましたっ」

「では……これで全員の魔法師の方に護衛が付きました。結界に穴が出来ないように動いてくださいね」

「しょっ、承知しました!!　失礼いたします!!」

まるで騎士達のように敬礼して魔法師は飛び出して行った。付き従う騎士もそれに倣う。

「えっと……コウヤ……？」

出て行こうとしていたジルファスとアルキス、騎士達までもが完全に動きを止めていたらしい。

「何したんだ？　コウヤ。いや、見てたけどさ……」

アルキスの質問にコウヤは笑顔を向ける。

「魔法師の方々は、襲撃者から身を守るために一箇所に固まっていたみたいですね。でも、どうしても距離のある場所へ結界を張るのって難しいんで、王宮の端の方は薄くなっちゃうんです。なので、遠くに行けるように、ああして護衛を付けました。これで魔法師の方に兵を割かなくていいので、安心してくださいね」

「よしっ、分かった。ジル。捕まえることだけ考えるぞ」

「は、はい……っ」

さすがはアルキス。コウヤの異常性には目を瞑(つむ)るらしい。理解が追いつかなかったのもある。

「あ、ジルファス様。パックンを連れて行ってください。パックン、お願いね」

《は～い(´θ`)♪》

パックンが飛び跳ねながらジルファスに近付いていった。これで『パックン大会』の開催が決定する。襲ってきた者達は皆パックンの中に収まることだろう。

「えっと……ありがとう。では、行ってくる」

《(￣^￣)ゞ》

「お前らも行くぞ～」

「「「はいっ」」」

「お気を付けて」

アルキス達を笑顔で見送ると、次にコウヤは驚いたままになっているアビリス王を振り返った。

コウヤはアビリス王とミラルファ王妃を交互に見る。それから、不安そうにするシンリームへ目を向けて、とある確認を終えた。

「あの。これはシンリーム殿下のお母様でしょうか……女性の方がお一人、ここと反対の方へ走っておられるようなのですが？」

「「カトレアが⁉」」

アビリス王とミラルファ王妃が同時に叫ぶ。シンリームは目を大きく開けたままだ。

真っ先に動いたのはミラルファ王妃だった。焦ったように素早く身を翻して奥の部屋へ駆け込んでいく。コウヤはそれを不思議に思いながら、どうするかとアビリス王を見つめた。

「隠密スキルがそれなりに高いようで、兵の方々の目を上手く避けて進んでおられます。一人護衛が付いているようですが、女性の方が先導している感じがします」

　貴族の令嬢にしては珍しいなと感心する。これについて行っているのは、闇ギルド所属の者なのか、そちらはもっとスキルが高そうだ。最初は追われているのかと思ったが、時折、後ろを気にするというより、気遣うように感じられたのだ。

「今は……丁度、大きな会議室の辺りでしょうか……地下へ向かっているのかもしれません」

「地下……宝物庫か？　いや、地下通路か」

　コウヤがまるでその目で見ているように伝えるのには、もはや誰も不思議にも思ってはいない。アビリス王は城内の地図を頭の中で広げ、場所を特定していく。

「そうですね……地下通路……でもこれは……あっ、儀式場でしょうか……」

「儀式場にも隠し通路があるな。だが……王家の血を引く者専用だ。カトレアは恐らく……」

「弾かれますか。どのみち、通れたとしても、そちらのような隠し通路は現在全てルー君達が結界で塞いでしまっているので、通れません」

「そ、そうか……」

　まさか、コウヤやルディエが城の細部の通路まで知っているとは思わなかったのだろう。さすがに動揺していた。それを察してコウヤが苦笑する。

「あ、申し訳ありません。職業柄、自身がいる建物や場所は全て把握する癖が付いているんです。迷宮での行方不明者の捜索用に、スキルをどうしても上げる必要がありまして……」

「な、なるほど……」

もっともらしい理由を挙げてはいるが、コウヤは世界管理者権限のスキルによって、知りたくなくても知れてしまうだけだ。

だが、実際に、常に自身のいる場所の情報を把握しようと努力していれば、空間把握のスキルが育っていくというのも間違いではない。

ルディエが把握しているのは、隠密スキルに付随してその力が育ってしまったがためだ。ターゲットの位置の把握や、脱出経路の確認などで知らないうちにスキルは上がっていく。

「目的がどうあれ、このままというのも問題でしょう。何より、今の彼女が儀式場に近付くのは良くなさそうです。騎士の方で追い立てるのは女性に対して良くありませんし、できればシンリーム殿下に一緒に来ていただいて、お部屋にお戻りいただくべきかなと」

本当は夫であるアビリス王に説得してもらって穏便に捕らえようと思ったのだが、さすがに王を動かすわけにはいかない。

その点、コウヤならば捕らえるのに手荒ではない方法もある。ただ、話をするにしても、顔見知りが傍にいた方がいいかなと思い、シンリームを連れて行くことを提案した。

しかし、そこで名乗りを上げたのは戻ってきたミラルファ王妃だった。

「わたくしが行きます。良い機会です。きっちり話を付けてきますわ」

「っ、ミ、ミラ……っ」

アビリス王が息を呑んだ。その理由は、ミラルファが手にしているもののせいだ。

「えっと……とっても素敵なメイスですね」

コウヤにとっては見慣れたものだった。ただし、ドレス姿の女性が持っているのを見るのは初めてだ。

「まあ、コウヤさんは見る目がありますわ」

「ありがとうございます。育ての親であるばばさま達の武器もメイスなのですよ」

「そうなのっ。是非ともお話ししてみたいわね」

「光栄です」

微笑みながら続けられる二人の会話に、アビリス王とシンリームはパクパクと意味なく口を開閉していた。薬師達とテルザは怪我をしたという宰相達を診に行っていたので、この衝撃の光景を見ることはなかった。

一方、イスリナはリルファムと部屋のメイド達と一緒に、赤子の眠る籠の周りに集まり、ダンゴと楽しくお喋りを始めていた。『聞いてませんよ～』を上手に実践中だ。関わる気はなさそうだった。

「では行きましょう。そのままカトレアはここに連れてきます。心配しなくてもよろしいわ」

「あ、ああ……く、くれぐれも……」

「気を付けますわ」

アビリス王は、ミラルファに確認せずにはいられなかった。コウヤは知らないが、シンリームを思いっきり拳で殴り飛ばしたのを見ていたからこその心配だったのだろう。きっと、その比ではない力でカトレアを殴り飛ばす。くれぐれも死なせることがないようにと懇願したのだ。

そんな痛いほど切実な願いを持つ視線を背中に受けながら、コウヤとミラルファが部屋を出ようとした時だった。正気に戻ったシンリームが立ち上がる。

「い、一緒に行かせてください！」

その時のミラルファの目は口ほどにものを言っていた。『え？　来るの？』だ。これを受けてシンリームはゴクリと喉を鳴らす。その間、目を逸らさなかったシンリームは褒められて良いはずだ。

数秒二人が見つめ合うと、ミラルファが折れた。

「……仕方ないわね……わたくしよりも後ろにいてもらうわよ」

「は、はい！　手は出しません。説得いたします」

「好きになさいな。口を出すくらいは許すわ」

コウヤにはよく分からないが、シンリームは弁えることを学んだらしい。

「えっと、では先導させていただきます」

「お願いするわ。走っても大丈夫よ」

「ついて行きます」

ドレスは夜会で着るようなボリュームのあるものではないので、ミラルファは軽く裾を持ち上げて走る気満々だった。シンリームも剣術を習っているだけあり、多少は体力もあるのだろう。

とはいえ、本気でコウヤが走れば一瞬で姿が見えなくなる。その辺は加減しなくてはならない。

「分かりました。最短ルートを検索しましたので、迷わずついて来てください」

「え……最短ルート？　そんなものあったかしら……」

「と、とりあえずついて行きますので」

二人とも、儀式場へのルートは分かっている。だが、最短ルートと言われると分からなかったらしい。当然だが、コウヤは普通ではなく、部屋を出て向かうのは階段ではなかった。

「まずはあちらの部屋に入ります」

「「え？」」

「迷うといけません。足を止めないでくださいね♪」

「「へ?」」

ミラルファ王妃とシンリームは、まるで実の親子のように同じ顔、同じ反応を繰り返していた。

コウヤは、二人がきちんとついて来ていることを確認しながら、狭い通路を迷わず進んでいく。

「この先はまた少し暗くなります。足下に気を付けてくださいね」

「え、ええ……」

「ここって……どの辺なのかな……」

最初に小さな応接室に迷わず向かったコウヤ。棚の上にあった燭台を複雑に動かしたかと思えば、人一人が入り込めるくらいの入り口が壁に開いた。そうして、進むこと数分。

「ここから一度出ます」

扉らしきものがコウヤの前にあった。

コウヤは外に人の気配がないことを確認してから、グッと仕掛けを押し込む。すると扉が開いた。

「えっ、ここ……宝物庫よね?」

「いつ下に……」

「ちょっと傾斜があったんです。これで一気に地下まで来れるんですよ。ここに出口があると、大事なものも早く回収できますからね～」

「そうね……」

「たしかに……」

宝物庫の隣に出られる有用性を笑顔で説くコウヤに、二人は唖然とするしかない。

「では行きますよ。ここまでかなり時間を短縮できましたから、問題となる方は、今は儀式場の前の通路に差し掛かる所です。入られてはちょっとまずいので急ぎますね」

宝物庫の前を通り過ぎ、更に下へと続く階段の横。そこにかけられた絵画の上部にある突起を飛んで掴む。押し込むのではなく、これは引くのだとコウヤには分かっていた。なので、空いた片手で壁を押し、引っ張る。

「ここの仕掛けは三十秒で閉じますからテンポ良くお願いしますね」

コンッと音が響いた。絵画を横にズラすとそこにぽっかりと丸い口が開いている。その上部には取っ手がついており、これを掴んで体を支えながら中に入るようだ。コウヤは二人を振り返る。

「ここを掴んで足から行きますよ。あ、ミラお祖母様のメイスは邪魔になると思うので俺が持ちますね。同じように入ってきてください。行きますよ」

「「はい！」」

動揺を隠すように二人は鋭い返事を返す。時間がないと聞いて、焦ってもいるのだろう。

この分ならば遅れることはないかなと思い、コウヤはメイスを抱え込んでそこに足から飛び込んだ。

これはいわゆる滑り台だ。ヒュンッと最後は勢い良く飛び出すので、出口で詰まることはないが、ちょっと上に飛ぶため、びっくりする。コウヤとしては楽しいが、続くミラルファを急いでキャッチして着地させ、次にシンリームを掴まえる。

「っ、び、びっくりしたわ……」

「っ……」

シンリームの方は驚き過ぎて声が出ないようだった。

「どうぞ、ミラお祖母様。メイスです」

「え、ええ……」

そこから角を曲がれば、そこは儀式場の前。今まさに扉の前に到達するカトレアを見つけた。

「カトレア！」

「っ、ミ、ミラルファ……様……っ、どうしてここに……っ」

弾かれたようにこちらを見たカトレア第二王妃。彼女の傍には男が一人。彼は裏の者らしい動きやすそうな黒装束をまとっている。

「母上……」

「シンリームっ!?　あなたまでなぜ……っ」

「母上を説得しに来ました。部屋にお戻りください。今ならばきっとまだ許されます」

「嫌よ！」

　カトレアは大きな声で反論する。その様は、言うことを聞こうとしない子どものようだ。幼い顔立ちを厚い化粧で誤魔化している彼女。コウヤには必死に虚勢を張っているように見えた。

「どうして！　なぜあなたが王になれないの？　あなたが王にならなきゃいけないのよ！」

　誰かが次期王がジルファスに決定したと、謹慎中の彼女に伝えたのだ。

「……母上……いいえ。私は王の器ではありません。今ならば分かります。母上の言葉や、一方向に立つ者達の言葉しか聞いてこなかった。あなたの言葉を鵜呑みにして、考えることをしなかった……甘えていたのです……それが今はよく分かります」

　このシンリームの言葉に、カトレアだけでなくミラルファも驚いていた。

「母上は知っていましたか？　兄上や義姉上は、とても愛情深い方です。けれど、母上からお聞きしていたのは『他人のことを何も考えず、自分勝手な行動をする人』でした……」

　これを聞いただけで、なんとなく察することはできる。恐らく『他人』とは、カトレアが懇意にしている貴族達を指し、その人達の意に沿わない行動をジルファス達が取るのだと言いたかったのだろう。コウヤは苦笑するしかなく、ミラルファは呆れていた。

「兄上達は、母上を『一方的に悪者にする』ような人ではありません！」

「っ、シンリーム……っ」

はっきりと自分の言葉を否定したシンリームに、カトレアは衝撃を受けていた。

「父上の所へ一緒に行き、謝りましょう。きっと許してくださいます」

「っ……」

カトレアが顔を真っ赤にしてそれを否定する前に、シンリームは続けた。

「何より！　これ以上、コウヤ君に迷惑をかけたら嫌われてしまいます！」

「「え……？」」

少しだけ頬を赤らめながら、力を込めて叫んだシンリーム。これには、つい先ほどまで怒りで震えていたカトレアと、どうしてくれようかと苛つき出していたミラルファが虚をつかれていた。なんか巻き込まれたなと、コウヤもキョトンとして頬を掻きながら答えておく。

「……えっと……これくらいのことで、シン様を嫌ったりしないですけど？」

「本当⁉　でも、私が母上にはっきりと言えていれば、一人で説得に来られたのに……」

「いえ。先ほどは、はっきりと言えていましたよ？　ご立派です」

「っ、あ、ありがとうっ」

コウヤがニコニコと微笑めば、シンリームは感動していた。寧ろ泣いていた。

　そんなシンリームとコウヤは放っておこうと思ったのだろう。今度は自分の番だというように、ミラルファが前に出た。

「んんっ、カトレア。シンリームはこうして自身の今までを省(かえり)みて非を認めたわよ？　母親であるあなたはどうなの？　今ならばまだ、わたくしも共に陛下にお許しを願っても良いわ」

「バカにしないで！　私がなぜ許しを乞(こ)わねばならないの？　私は何も間違ったことはしてないわ！」

　自分自身に言い聞かせるようにそう叫ぶ声は、地下の廊下(ろうか)に響いた。これに、コウヤは困ったなと考え込む。あまりここで騒いで欲しくない事情があるのだ。

　その時だ。隙ありと見たのだろう。カトレアの傍で黙って控えていた男が、ミラルファに向けて駆け出した。その手にはナイフが光っている。

　だが、メイスを持ったミラルファは冷静だった。

「ふんっ」

「っ、っ……！」

　反応が遅いと見た男だったが、メイスを持ち上げたタイミングも、それを振り下ろしたのも、コウヤから見れば絶妙(ぜつみょう)なタイミングと角度だ。狙うのもナイフのある手元ではなく、面積の広い胴体へメイスの先を持って行っている。当たったのは男の肩だった。

男はそのまま床を転がり、廊下の端で止まる。しばらく動けなくなっていた。ミラルファは容赦なくそんな男に二撃目を与えに行った。動きが止まったならばと片足を砕いたのだ。

「っ、っ‼　っ～、！」

ここでようやく、男は声が出せないのだということにコウヤは気付いた。そして、そちらに目を向け、拘束（こうそく）する結界を張っていたため、ミラルファがカトレアの方へ駆け出したのを止められなかった。

「あ……」

「ひっ！」

コウヤが行っちゃったなと思った時には、カトレアはミラルファに殴られていた。

「あ～……なんてキレのある右ストレート。横から見たかったです」

男の状態を診ようとしていたため、コウヤは斜め下の後方からのアングルで見たのだ。位置取りミスだった。

「は、母上っ⁉」

シンリームは駆け寄ろうと一歩踏み出すも、ミラルファの寄らば斬るという意思の滲（にじ）み出る背中を前に足をすくませていた。

後ろへ倒れ込んだカトレアは、一瞬意識を飛ばしたようだが、その後すぐにちゃんと目を開けていた。これなら治療は間に合うだろうとコウヤは判断する。

「あ、忘れてた」

だが、これだけ騒いだことで、コウヤがしきりに気にしていた事態が起こった。儀式場の扉が、誰も手をかけていないのにもかかわらず、勢い良く開いたのだ。

特筆事項⑥　王都の守護妖精に会いました。

普段は固く閉ざされているはずの儀式場の扉が、大きく開かれた。

「あっ、良かった……」

コウヤがほっとした理由は、壁際（かべぎわ）で転がっていた男が無事だったことだ。扉が全開になったことで、開いた左側の戸がその男を挟むことになったのだ。しかし、拘束するために張った結界によって男は守られていた。

一方、扉を挟んで右側にいるミラルファとカトレアは呆然と儀式場へ目を向けている。

そして、それは現れた。

《……騒ぐのやめて……安眠妨害（あんみんぼうがい）で訴えるよ……》

「「っ!?」」

コウヤの傍にいたシンリームは息を止める。豪胆なミラルファでもヒクリと喉を引きつらせているのだ。育ちの良いカトレアは気絶していた。

しかし、コウヤは当然だが驚きさえない。寧ろ不満げに顔を顰めていた。

「……なんか違う……」

《ん？》

見つめる先には、赤い鬼のような形相の大きな仮面に、藁で出来たようなものを羽織って短槍を持つ小さな人。小さいと言っても小学校六年生くらいの子どもの大きさはあるだろうか。仮面によって、顔は見えない。声も中性的なもの。というか、低血圧で覇気のない人の声と言ったらいいだろうか。まさに寝起きなので仕方がない。

「この違和感……なんだろう……っ、そうだ！」

違和感の正体に気付いたコウヤは、亜空間から山刀を掴んで出した後、これでは大きいかと出刃庖丁へ替えた。

「コレ持って」

《……ん……コウヤ様……？》

わけも分からずその子はそれを受け取るが、出来上がった姿を見てコウヤは満足げに手を叩いた。

「これだよっ。見たことあるっ」

出刃庖丁を持ったそれは、小さな『なまはげ』だった。
《……満足？》
「うん。すっごくっ。あ、久しぶりだね、オスロー。そうだ。これ、マリーちゃんから」
差し出したのは匂い袋だ。
《花の香り……いい夢見れそう。それに可愛い袋》
「いい布が手に入ったんだ。迷宮産だから素材も良くて、手触りもいいでしょう？」
《凄く……》
撫でて匂いを嗅げば甘過ぎず、キツ過ぎず調整されたそれは、枕元に置けば眠れるだろう。
「俺からはこれね」
《っ、大っきいクッション？》
次に亜空間から引っ張り出したのは、コウヤの身長と同じくらいの薄い青色の長いクッション。
「抱き枕だよ」
《だ、抱き枕……っ、ギュってしていいの？》
「いいよ」
《あ、ありがと……っ》

「どういたしまして」

実はレンスフィートの娘――妊娠しているフェルトアルスの寝つきが悪いというのを聞いて作ったのだ。大きなお腹では寝方も変えなくてはならない。そこで作ったのがこの抱き枕。暑い時は涼しく感じ、寒い時は暖かく感じる、温度の変わらない迷宮産の特別な布だ。

因みにゲンの薬屋で販売している。妊婦さんだけでなく冒険者達にも売れたのは予想外だった。

嬉しそうに大きな抱き枕を持っていそいそと儀式場に入っていく『なまはげ』の背中を見送り、コウヤは固まっていたシンリームの腕に触れる。

「シン様。シン様」

「っ、へっ、あ、コウ、コウヤ君っ……さっきのは一体……」

「あの子はこの王都の守護妖精です。この儀式場に棲み着いているんですよ」

「……妖精……？」

シンリームは正気に戻ったようなので、次にミラルファの元へ行く。

「ミラお祖母様。そちらの方を起こしてやってください。気絶は良くないです」

「え、そ、そう……カトレア！　起きなさい！」

まるで寝坊助な娘を怒りながら起こす母親のようだ。ミラルファは五十頃。カトレアは四十近くと十歳ほど違うので、姉妹に見えなくもない。その場合は手のかかる妹を叩き起こそうとする、面倒見の良い姉だ。

「んっ……ひっ、ひ嫌っ」

「わたくしの顔を見て悲鳴を上げるとは失礼な子ねっ」

カトレアが気絶した理由は『なまはげ』のはずだ。ミラルファは心外だという表情でカトレアを見下ろす。

「ほら、さっさと立ちなさい。服が汚れるでしょうが」

「っ、は……い……」

転がしたのはミラルファだが、そこは指摘するのを控えた。カトレアは白い顔でカタカタと震えている。ドレスで見えないが、完全に足は笑っているだろう。殴られた顔は、半分が腫れてきており、口の中も切っていそうだ。

「ミラお祖母様。彼女の手当てをさせてください。かなり口の中を切っておられるようですし」

「え？　ああ、そうね。まったく、何してるのよカトレア。殴られる時は歯を食いしばりなさい」

「っ……ご、ごめんなさ……ぃ」

理不尽に怒られていた。だが、もう反論する気力もないのだろう。あれだけ喚いていた女性ではあるが、初めての物理的な衝撃が人を変えたようだ。

コウヤは儀式場の入り口の前に応接セットを出した。可愛らしい木のテーブルと座り心地のよい三人がけのソファーを、向かい合わせで二つ。その下には丸型の絨毯を敷いた。

「コ、コウヤ君……これは……ここで？」

シンリームはコウヤの用意するものだからと、特に警戒もなく絨毯に足を踏み入れる。

その間にも、コウヤはティーセットを用意し、人数分の紅茶を淹れてからカトレアの方へ向かった。振り返りながらシンリームには答える。

「どうぞ。少し落ち着きましょう。座ってください」

「ああ……うん。すごく良いソファーだね……」

落ち着いたらしい。コウヤはカトレアに手を差し出した。

「っ……」

「あ、失礼しました。コウヤと申します。ユースールでギルド職員をしております。手当てをいたしましょう。大丈夫。落ち着いてください」

「っ……ぁ……！」

カトレアがコウヤの手に触れた瞬間、治癒魔法で全てが完治した。

「さあ、口の中が気持ち悪かったでしょう？　紅茶を淹れましたので、あちらへどうぞ」

「あ……りがと……」

　コウヤは戸惑う彼女を、先に落ち着いていたミラルファの横に座らせた。すると、ミラルファが彼女の前にお砂糖を寄せる。

「まったく、ほら、いつもみたく見栄を張ったりしないで、お砂糖を入れてお飲みなさい」

「っ……し、知って……っ」

「知ってるわよ。見栄っ張りで意地っ張りなところ、フレイスにそっくり」

「ど、どうしてフレイスお姉様のこと……っ」

「同い年だもの。決まってるでしょ。陛下へ嫁ぐ順番で小さい頃から揉めたわ。なのに……あんなに呆気なく逝ってしまうんだもの……」

　カトレアには、フレイスという姉がいた。だが、今のコウヤの年くらいの頃に病で亡くなったそうだ。

　少し場がしんみりとしてしまったが、コウヤは変わらずお菓子を取り出したり、倒れている男を引き摺ってきたりしていた。そして、儀式場からその子が駆け出してきたのだ。

　なまはげコスチュームを脱いできたその子は、ルディエと同じ年頃に見える子どもだ。髪は桃色のボブで、眠そうな瞳は金の混じった緑。服装はワインレッドのサルエルパンツに襟付きの紺のクラシカルなチュニック。美少女にしか見えなかった。因みにこの服はコウヤ作だ。

《……紅茶……おやつ……》

子どもは部屋からトテトテと出てきてコウヤに抱き着いて見上げると、そう要求した。

「ふふ。今オスローの分、淹れるからね」

コウヤはミラルファ達に用意した温かい紅茶ではなく、氷で冷やした紅茶を用意した。

「はい。冷たいのが良かったよね」

《ん……嬉しい……》

子どもはソファーに腰掛けず、そのまま絨毯の上に座り込んで、ストローをさしたコップを両手で抱えた。

「コウヤさん……この子は……」

そういえば、シンリームには説明したが、ミラルファ達にはまだだったと改めて紹介する。

「この子はオスロリーリェ。一応、この王都の守護妖精です。よく寝る子なんですよ」

《……寝るの……趣味(しゅみ)》

「趣……そうなの……」

クッキーよりもスポンジケーキが良いと手を伸ばすオスロリーリェに、コウヤは微笑みながら切り分けたケーキを差し出す。ホイップクリームをくるんっとつけてやると、目を輝かせていた。

「えっと、コウヤ君。『一応』っていうのはどういう意味？」

シンリームはそれに気付いたらしい。コウヤは苦笑しながら説明する。

「元々は固定の場所を持たない妖精だったんです。昔から寝るのが好きで、王座の迷宮とかを泊まり歩いていたんですよ。で、たまたま聖域になった時にこの儀式場に立ち寄ったんだそうで……」

オスロリーリェがしていたのは、理想とする寝床を探す旅だ。迷宮だけではなく、教会などにも泊まっていた。だが、良い感じの場所はなく、静かな所で休憩をしようとこの場に来たらしい。

《聖域……いいなって……そしたら出られなくなった……》

「出られなくなった？」

「ほら。儀式場って、儀式の時しか開けないらしいじゃないですか」

「そ、そうだね」

この儀式場は、王族の結婚式の時と王族の子どもの成人の儀式、王位継承の時くらいしか開けることは許されない。

「今みたいに自分で開けることもできるんですけど、突然開いたら怪異（かいい）だって騒がれますよね」

《騒がれるの嫌い……大人しく開くの待ってた……けど、聖域……気持ちいいから寝

ちゃう……》

この儀式場の扉には特殊な封じの魔法がかかっている。守護妖精となった今は専用の鍵を使わず開けることもできるが、以前までは時間がかかり、面倒だし開けたくないというのがオスロリーリェの本音だった。

シンリームが今聞いた情報を整理する。

「えっと、自力で開けると騒ぎになるかもしれないから遠慮してて、儀式の時に開いても、聖域が出来ると気持ちいいから寝ちゃってまた閉まる？」

《正解……》

気持ちのいい眠りが重要で、そのためにはまた閉じ込められるのも仕方ないかと思ってしまう。引きこもり気質の妖精だ。

「何より、オスローは方向音痴で、疲れるとすぐその辺で寝ちゃうらしいです。なので、ここから出られても王宮を出るのは難しいですね。何より、ここが一番落ち着くらしくて」

オスロリーリェにとっては、王宮は大迷路。その途中で力尽きて眠れば、欲深い貴族に捕まってしまうかもしれない。ならば出ない方がいい。

《最高の寝床……作った……出るのヤダ》

「出るの面倒くさくなっちゃったんですね～。ここは外敵もいないですし、他の妖精とかはオスローのこと知ってますから、たまに様子を見に来たりしてますけど」

《出ても戻りたくなる……いい寝床……》

「一度、知り合いの妖精に王宮から出してもらったんですけど、やっぱりここがいいらしくて」

実は、オスロリーリェとは魔工神であった頃からの知り合いだ。まだ迷宮などを泊まり歩いている時に出会っていた。

この世界に戻ってきたコウヤは、そんなオスロリーリェがこの城の地下にいると知り、数年前に一度マリーファルニェに頼んで連れ出してもらった。しかし、やはり城の地下が静かで居心地(いごこち)がよいとのこと。ならば、たまに遊びに来るからと約束していたのだ。

ミラルファは静かにこれを聞いており、確認する。

「守護……してくださっているの？」

《ここ……なくなるの困る……から……》

「えっと、ありがとうございます」

理由はどうあれ、お礼は言わねばと丁寧(ていねい)にミラルファは頭を下げていた。

「そういえば、どうしてなまはげになってたの？」

ふと、コウヤは気になっていたことを尋ねた。

《あの格好……エリス様が……コウヤ様が喜ぶって……良かった？》

「うん。生なまはげはちょっと感動した！」

《よかった……悪い奴追っ払うのにも……あれ良い……》

「そうだねっ」

エリスリリアのプロデュースだったらしい。全てはコウヤのためだ。

それから、オスロリーリェはミラルファを見つめた。

《……今の王妃……だよね》

「え、ええ。ミラルファと申します。こっちは第二王妃のカトレアです」

「っ……」

ミラルファに紹介されて、カトレアはピクリと反応した後に恐る恐る頭を下げる。

《……そっちの子は認めてない……》

「っ……わ、私……っ」

「どういうこと？」

真っ青になったカトレアに代わり、コウヤが確認する。

《王妃嫌だって……あと、妬みと恨み……あの場に入れるので精一杯……加護あげなかった……》

オスロリーリェは、勝手に棲み着いたとはいえ、守護妖精になった。守護する場所に生きる者達を守り、場合によっては加護を与える。

だが、基本的には自由な気質を持つオスロリーリェは、この儀式場に入って誓いを述べる者にのみ集中して加護を与えていた。王族に加護を与えれば、彼らの統べる地へも加護の力は広がっていくので、それで実際は充分だった。

しかし、好き嫌いというものはある。王族やそれに嫁いだ者ならば無条件に与えるというわけではない。あくまでも善意の加護。気に入らなければ与えない。

オスロリーリェの突然の発言に困惑するカトレアに、コウヤが言い聞かせる。

「落ち着いてください。過去にはオスローの加護がない王もいたそうですから」

《そいつ自分のことばっかり……嫌なヤツだった……王位に就いてすぐ殺された……ざまあみろ》

「ひっ」

カトレアは怯えていた。明らかに嫌われていると分かる言葉を受け、その顔は真っ青になっている。

「オスロー？　どこでそんな言葉覚えてきたの？」

ちょっと黒い笑みを浮かべるその表情は、ルディエを思い出させた。

《上にいる人達……よく言ってる……でも今日……粛清の時……捕まって……ざまあ》

ちゃんと寝ながらも、城内にいる人達のことは見ていたらしい。『上にいる人達』というのは、王宮内でそれなりに良い地位を得ている者達のことだろう。

《これ……そいつらの報告書》

「……内部監査してるし……オスロー？　これオスローの字じゃないよね？」

不意に差し出された紙の束を見る。『誰々がここでこんなことを言ってた』という内容。それが綺麗にまとめられている。

《アルバイト……雇った》

「……それもエリィ姉の指示かな……どういう人？」

『アルバイト』という言葉を普通に使うのは、地球のことも知っている他の三神だけだ。

《その辺の文官……病んでたから……気の毒で……》

上の人に酷使されていたのだろうか。小さく『破滅しろハゲ！』とか『不倫かよ　修羅場れ！』とか遠慮なく書かれているのは彼らの妄執だ。筆圧が凄い。間違いなく病んでいる。

「このまま陛下に渡しても良さそうだね。ただ、主観が入ってるから裏取りは必要だけど」

これで貴族だけでなく文官、武官も綺麗にできそうだ。ただ、首を切るだけになってしまわないように気を付けないと人員不足になる。調整が難しそうだ。

《うん……持ってって欲しい……そろそろ……報われて欲しい……》

「そうだね。あ、これ涙のシミかな」

ちょっと持ってるのも怖いくらいだった。

その後、とりあえず一同は王の所に場所を移そうということになった。オスロリーリェは、気分も良いしコウヤと一緒ならば城の中で迷うこともないので、一緒に来てくれるらしい。

因みに、オスロリーリェは確かに方向音痴ではあるが、目的の場所をはっきり決めていれば、迷わずそこに辿り着くことができる。恐らく集中力の問題だ。帰巣本能もあるらしい。なので、寝床に帰るにはどこからであっても困らないという変わった子だ。

そんなオスロリーリェよりも、シンリーム達はコウヤが気になっていた。

「こ、コウヤ君……重くないの？」

「え？　いえ。特に。たった一人ですし」

「そ、そう……人数の問題なんだね……」

コウヤは今、軽めのショートカットコースの先頭を歩いている。当然のように使っているのは隠し通路。緩めの階段を上がっているのだが、その背には『サンタさんの袋』を担いでいた。中には夢のようなプレゼントではなく、先ほど儀式場の前で気絶させた男性が一人。

「でも、そんなに入らないでしょう？」

さすがはミラルファ。人が入っているというのはもう特に気にしていない。

「いえ。特殊な魔導具で、三十人くらい入ります。入れたことないので分からないですけど」

「っ、そんなに……っ、迷宮品ということね……重さは？」

「だいたい十分の一の重さになりますね」

「そ、そう……」

『不思議魔導具＝迷宮産』でコウヤのとんでも道具は誤魔化せるようだ。今の重さは八キロくらい。それでも、コウヤはまるで何も入っていないかのように軽く担いでいた。

次に入り込んだのは、行きとは違い、ベルトコンベアーのような通路。

「結構速いのね」

ミラルファは余裕が出てきたらしい。というか楽しんでいるようだ。真っ白な血の気の引いた顔のカトレアを引っ張りながら気丈に振る舞う。

「垂直に一気に上まで飛ばされる通路もありますよ。着地に気を付けないといけないようですが」

「本当にこの城はどうなっているのかしら？」

「心配しないでください。これに気付くにはルー君くらいの探査スキルがないと無理です。仕掛けによっては身体能力も高くないといけませんからね」

ついでにこの通路での会話は外に漏れないから良いですよね、なんて話もしながら、王のいる部屋に戻ると、そこには既にジルファスとアルキスが戻ってきていた。

「カトレア……」

アビリス王が厳しい顔をする。彼女は震えながら俯いて目を合わせようとしなかった。

オスロリーリェが守護妖精であると紹介をしてからしばらく。部屋は気まずい雰囲気に包まれていた。カトレアには守護を与えていないという話をオスロリーリェが遠慮なくしたからだ。

《この人キライ……嫉妬……憎悪……誰かを傷付ける感情……妖精はそういうのキライ……聖域に入れたの……サービス……》

「そ、それはお手を煩わせて申し訳なかった……」

《ん……結婚の儀式……スキ……だから……》

強い憎悪を持つ者は聖域に入れない。憎悪とは、心にこびりつく強い負の感情だ。聖域はそれを無理やりに浄化させようとする。

だが、何であれ無理やり剥がそうとすれば痛みを伴うものだ。それが強いほど、反発は大きくなる。王族の結婚の誓いという大切な儀式で、花嫁が正気を失って転げ回ったなら、王さえも神に認められていないのだと思われかねない。惨劇を生む可能性もある。

だからこそ、カトレアが儀式中は無事で済むよう、オスロリーリェが手を打ったのだ。

「感謝いたします……カトレア、きちんと話してくれ。王として、夫として知らねばならん」

「……」

カトレアは王の向かいに座り、俯いたままだ。そこにイスリナが微笑みながら近付いていく。因みにリルファムはパックンとダンゴと共に赤子の所だ。

「まあまあ、カトレア様も肩の力を抜いてくださいな。どうぞ、レモン水です。スッキリしますわ」

「……」

イスリナはそのカップをカトレアの手に握らせる。

「カトレア様は苦しまれたのでしょう？　もう、全て吐き出してしまえばいいのです」

「っ……そんな簡単ではないわ……」

「いいえ。とっても簡単なことですわ。理解してもらえないとか、言ったところで何も変わらないとか思っているからいけないのです。『言ってみないと分かりません』のよ？」

「……」

クスクスと笑うイスリナ。カトレアとは年が近い。今までのように立場を気にしなければ、言いやすいようだ。コウヤはこんな込み入った話を自分が聞くのもどうかと思い、帰る機会を窺って（うかが）いた。そのため、それにすぐには気付けなかった。更には突然話を振られたのだ。

「ねえ。コウヤさんもそう思いません？」

「えっと……そうですね。もちろん、分かり合えないこともありますし、疑心暗鬼になるのは仕方のないことでしょう。ですが、勇気を出して口にしてみるのも時には必要だと思います。何より、ここにいる方々は今、話を聞く態勢が整っているようですしね」

内心焦りながらも、ちゃんと聞いてましたよとイスリナに伝わるように、笑顔で答えておいた。その間に、カトレアはレモン水を一口、二口と喉に染み込ませるように飲んでいた。そこでレモン水を改めて見て、コウヤはあることに気付いた。

「あ……え？　まさかパックン？」

《呼んだ？(｡'ω'｡)》

パックンが跳ねながら後ろにやって来た。更にはパックンへ振り返る寸前、目の端に映ったイスリナの表情が引っかかって二度見した。びっくりするほど愉快だという表情をしていたのだ。

「イスリナ様……？」

「うふふっ、これでバッチリですわ♪　背中を丸めてからとか、ちょっと順番が逆になってしまいましたけれど、計算通りです♪」

「……まさか、イスリナ……」

ミラルファも気付いたようだ。イスリナの話しぶりからして、カトレアにそれを使ったのは察せられた。

《あ、正直になるやつあげたんだった(^_-)》

「……パックン……」

こうして、カトレアの自白が始まった。

カトレアは父親に言い聞かせられてきたという。

「お姉様を殺したのがミラルファ様だと……そんな汚い手を使う人の子どもを王にしてはならないと言われてきました……」

殺さなくてはこちらがやられる。力を見せなくては守れない。彼女も必死だったのだ。本来ならば姉が王家に嫁ぐはずだった。自分が姉の代わりだということの心の整理もつかず、王家へやられ、不安と姉を殺されたのだという恨みでいっぱいだった。

「わたくしがフレイスを殺したですって？」

「っ、ミ、ミラルファ様がしていなくても分かりませんでしょう!?」

カトレアは精一杯の虚勢を張って叫ぶように告げる。ミラルファ自身が手を下さなくても、彼女の生家や派閥の者の可能性は貴族ならば否定できない。カトレア自身がそうなのだから。

「あり得ないわ。父はそういうことが大っ嫌いですからね。そのようなことを考える者すら嫌うほどです」

「で、でもっ！　そうでなければ誰が⁉」

涙を流しながら訴えるカトレアを見て、コウヤはため息混じりに問いかけた。どのみち、これが解決しなければ解放されそうにないのだ。

「そのフレイス様は病死ではなかったということですか？」

「そうよ！　お倒れになる一時間前まで、お姉様は私と本を読んでいたものっ」

「そうですか……何か噂でも聞いたことある？」

そうコウヤが話を振ったのは、今回もいつの間にか戻って来ていたルディエだ。

「毒殺が有力だね。それに、兄さんに渡したよ。多分その人が書いた報告書」

「ん？　あ～……なるほど。シトアル侯爵家ね。そういえば女性の綺麗な字のがあった」

シトアル侯爵家はカトレアの生家だ。コウヤは亜空間からそれを掴み取る。封はされていない。それができないほど分厚い枚数の手紙だ。そして、それをアビリス王に差し出した。

「こちらは、ルー君が見つけてきたものです。参考にさせていただきました」

「参考に？　それは……っ、なるほど……なんと……確かにこれはフレイスの字だ」

「お姉様の⁉」

驚くカトレアに、少し逡巡しながらもアビリス王はそれを手渡した。震える手でめくっていく。潤んでいた瞳は、冷めていき、最後には乾ききって熱を持っていた。

「っ……お父様……っ、お父様だわ……っ、お父様がお姉様を！」

「ちょっ、カトレア？」

ミラルファが目つきの変わった彼女から手紙を取り上げて流し読めば、その結論に至った理由が分かったようだ。

「フレイスは父であるシトアル侯爵の不正を知ったのね……これだけの証拠を……あなた……」

「うむ……侯爵の手で消されたというのが有力かもしれん……だが、娘を手にかけるほどとは……」

アビリス王も険しい表情だ。シトアル侯爵がしてきたことを考えてみると、直接手を下さなくとも、消そうとした可能性は高かった。

「おかしいとは思っていた……フレイスが亡くなってひと月もせぬ内にまだ幼いカトレアの輿入れが決まっていた……準備はできていたと見るべきだ」

「これに気付いた時に、もうフレイスの代わりにカトレアを嫁がせるつもりだったのね……」

代わりとなるカトレアがいたから侯爵も躊躇わなかったのかもしれない。亡くなった当時、フレイスは十四歳。カトレアは六歳だったという。

「推測だけでは何もできないでしょう。今、シトアル侯爵も尋問中では？」

今回の捕縛リストには、当然シトアル侯爵も入っている。このフレイスの手紙を元に裏を取ったのだ。どう言い訳しても有罪は確定である。コウヤの問いかけに、アビリス王はハッと顔を上げる。

「すぐに自白剤を使ってでも自白させよ！」

《ムダ……だよ？》

「なに？」

アビリス王へ意見したのは、オスロリーリェだった。

「オスロー？　無駄ってどういうこと？」

《……あの人……自白剤効かない……毒とか薬自体……耐性？……呪われて……》

「えっと……」

要領(ようりょう)を得ない返答だ。オスロリーリェ自身、よく分からないのかもしれない。

「シトアル侯爵は呪いを受けて、その結果薬系のものが効かなくなったってことかな？」

《そう……あの方に……手を出すなんて……バカ……だよね》

「そんな薬が効かなくなるような呪いって……あ……うん。いるね。それができる子……相当怒らせないとそこまでしないけど」

とっても思い当たるものがあり、コウヤは呪いをかけた子がこの辺にいるのかなと気配ない。

を探るが、見つからない。近くにいたとしても迷宮の中は探れないので、そこかもしれ

《どこほっつき歩いてるんだか(－_－;)》

《仕方ないでしゅ……きっといつものを発病中でしゅ……》

パックンとダンゴも同じ者を思い浮かべているらしく、リルファムと赤子の相手をしながら密かに呆れていた。

「コ、コウヤ……知り合いでそんな呪いをかける奴がいるのか？」

アルキスは顔を顰めていた。その隣のジルファスはゴクリと喉を鳴らし、泣きそうな顔だ。

「怒ったら、ですよ？　ほら、大事にしてたものとか取られたり壊されたりしたら、誰でも怒るじゃないですか。あの子的には『ちょっと不幸になっちゃえ！』って思っただけなんですけどね？　とりあえず、そういうことなら、ちゃんと証拠を揃えないとですね」

「……お、おう……色々ちゃんと説明して欲しいんだが……いや！　今はいい！」

知りたいが今は知りたくない。これ以上衝撃はいらんということだ。そこでコウヤはふと思い出す。

「そういえば、カトレアさんはなぜ儀式場へ？」

「私も分かりません……彼に何かを回収するように指示があったようで、その後、私を城

から逃がすことになっていると……」

父である侯爵が捕らえられたという情報を持って、男が部屋から脱出させたようだった。

「そうでしたか。何を回収するつもりだったかを知る必要がありますね。あとは過去の……」

次に声を上げたのはルディエとオスロリーリェだった。

「殺しなら、証拠か証人は必ず出る。場所も離れてるし、時間も経ってるから半日くれる？」

《……王都？　内で……証拠……探す……半日で》

「え？　いいの？」

「兄さんが困ってるし、仕方ない」

《ん……任せて》

そして、二人は部屋から出て行った。

「これで何とかなりそうです。カトレア様も落ち着いてお部屋にお戻りになられるといいですよ。そろそろ眠くなるはずですから」

「え、ええ……眠く……なるの？」

コウヤ作の自白剤は、服用後三十分で眠くなるのだ。残り十分もない。すると、ミラルファが立ち上がった。

「わたくしが連れて行くわ」

「では、これを」

二つのシンプルな首飾りを差し出す。トップには青く輝く小さな石が五弁の花の形を作っている。

「護符代わりです。身につけた者に害意ある者を近付けません。氾濫中の迷宮内も問題なく進めますし、町中でも暴漢だけでなく、スリや当たり屋さんも撥ね返してくれる優れものですよ♪」

「『国宝級……』」

売り込みのような言葉を並べ、ニッコリと笑うコウヤ。王妃二人は、聞かなかったことにしたようだ。それから、ミラルファとカトレアはメイドを連れて部屋を出て行った。

それを見送ってから、コウヤはアルキスに向き直った。

「では、アルキス様。一緒に尋問しませんか？」

「……ん⁉　じ、ジンモン？」

「はい♪　ここに一人、カトレア様についていた人がいまして。闇ギルドの人かと思ったんですけど、ルー君が放置して行ったんで、多分違うと思うんです」

部屋に戻ってきてから、例の男性の入った『サンタさんの袋』は、部屋の隅に置いておいた。あの袋は、立派な魔導具だ。一度入れれば、その後ちょっとでも体が入っているだけで仮死状態になる。なので、頭だけ出しておいたのだ。

ルディエはその顔を確認していた。自分がクギを刺すべき闇ギルドの者ならば、回収して行っただろう。だが、置いて行ったということは違うのだ。

「あの人、シトアル侯爵家の直属じゃないかなって」

「っ、それなら色々聞けそうだな」

「自害させないようにとか、俺がサポートします。どうですか？」

「よし！　やろう！」

アルキスはコウヤの誘いを受けた。


尋問するために袋に詰めたまま男を運んだコウヤとアルキス。

そこは応接室の一つとして使っている部屋。王宮にある応接室なのだ。当然だが広かった。

「もう少し狭い部屋の方が尋問向きなんですけど……まあ、そんな本格的にしないし大丈夫ですね」

コウヤは何も置いていない応接室の中央辺りに、真四角のテーブルを出す。応接用のテーブルは低いので、椅子に座って丁度良い高さのものだ。テーブルも一辺を一メートルほど取っているので、二人並んで座っても大丈夫。椅子を扉側に二脚、向かいに一脚用意する。

「ん？　尋問だよな？」

アルキスが用意されたテーブルと椅子を見て確認する。

「はい。と言っても、ちゃんと話してくれますよ。ダメならお薬ありますし」

「……それはそうかもしれんが……」

微妙に顔を歪めるアルキス。最終的に薬でどうにかしようとすることに戸惑っているわけではない。

この世界での尋問といえば、拷問にすぐにでも移行できるようにしているものだ。尋問を受ける者は椅子に括り付けられる。それも足が床に付かないように、椅子の足に足の裏を付けて括り付けられる形だ。尋問する方は、もしもの時にすぐに動けるよう立って行う。

今現在も王宮内で行われている尋問は、尋問されるのが一応は貴族ということで、そこまで本格的に椅子に括り付けてはいないようだが、騎士や兵が周りを固めて行動を阻害している状態らしい。そして、尋問する側が立っているのは変わらない。

それなのに、コウヤは二脚並べた椅子の一つをアルキスに勧めた。

「どうぞ、アルキス様。心配しなくても、逃がしたり手を出させたりはしませんから、安心して色々と聞き出してください」

「……まあ、コウヤが大丈夫だって言うんなら……」

釈然（しゃくぜん）としないながらもアルキスはコウヤに勧められた椅子に座る。お尻が痛くないように座面にクッションのある椅子だった。アルキスはそれに驚く。

「ちょっ、なんだよこの椅子⁉」

こうした一人掛けの椅子は座面が木というのが普通で、ちょっと驚いたらしい。コウヤにしてみれば、これが普通なので、まさかの驚きの声に首を傾げる。その間、コウヤは男を袋から猫の子のように引っ張り出し、椅子に座らせていた。

「椅子がどうかしました？　ほら、起こしますよ？」

「お、おう……っ」

椅子に腰を下ろしたアルキスはなんだか感動していた。

「こ、これなら嫌いな机仕事も逃げずにやるんだが……っ」

そんな呟きも聞こえたが、今は尋問だ。

「起こしま～す」

コウヤがパンッと手を叩くと、男の体が一度光り、それが消えると目を覚ました。そして、ビクリと体を強張らせる。立ち上がろうとしたらしいが、そこはコウヤだ。足にだけ力が入らないように術をかけていた。男は椅子から腰を浮かせることもできない。

「っ……こ……っ⁉」

部屋をキョロキョロと目だけ動かして見回した男。どうすべきか考えながらも声を出したのだが、そこで目を見開いた。

「こえ……コエが……っ」

「ちゃんと喉は治しましたよ？　痛みとかあります？」

「っ……な……イ……」

「良かったです。でも、長く使っていなかったようですから、ゆっくり喋ってくださいね」

「……っ」

慎重に男は頷いた。

「ふふ。大丈夫ですよ？　あなたのことは俺が守ります。侯爵だろうと、一国の王だろうと、神様だろうと手出しはさせません。安心して全部話してください」

「……っ……」

男の目が少しだけ泳いだ。それは、判断に迷っている証拠。彼は何かを背負っている。

そんな様子を見つめながら、コウヤはアルキスを促す。

「アルキス様。始めてください」

「……分かった」

コウヤの横顔を見てアルキスは尋問を始めた。

「まず、お前の名を教えてもらおうか」

隣に腰掛けたコウヤは、男を驚かせないように、机の下で亜空間からバインダーに挟んだ紙とペンを取り出し、机の上に置いた。ノートパソコンのように開くこれで調書を取る。

「……ビジェ……」

変わった響きの名だった。アルキスは侯爵との関係を問い質していく。

「……ヒトを……サガシテていて……キョウリョクすれば、チカラをカシてくれるといっタ」

「言葉の響きから察すると、南の大陸の方ですね？　そちらから人を探しに来られたのですか？」

コウヤの確認にビジェは頷いた。これにアルキスが驚きの声を上げる。

「お、おいっ、南の大陸って……今は完全に国交を断ってるだろっ？　冒険者でも入れんはずだ」

「……ナイランで、アレテいる。ニゲルものがいないように、ケッカイでとじた……でも、アナがあって……そこからデタ」

「は？　こっちからの干渉を避けるためじゃなく、中から出られんようにするための結界か？」

ビジェは背中を更に小さく丸めて頷いた。

「同じようにそこから出てしまった方を探しておられるということですね？　その協力を

侯爵が？　喉を潰されて、隷属の呪印を受けてまで？」

「っ……シッテ……」

「どういうことだ？」

　ビジェは気まずげに、アルキスは意味が分からんと眉をひそめる。

「奴隷の隷属の呪印がビジェさんにはありました。大陸の南側では、奴隷の取り引きをする国がありますよね。そこで奴隷になってしまったんでしょう。奴隷商によっては、契約時に喉を潰して引き渡すところがあるそうです。契約者の意向でですけどね。特に身体能力が高い裏の仕事を任せる者を専門に扱うところだとか」

　最初から喋れなくするのではなく、あくまでも契約時に決められる。治癒魔法でも完治不可能な呪いを施して、裏の仕事をさせるのだ。もしもの時にこうして情報を喋らせないための処置で、普段は黙って頷くだけで良いということだ。

　もちろん、コウヤには呪いを解くなんて簡単だった。この特殊な奴隷商の情報は、これまで大陸を回って来たアルキスでも知らなかったらしい。

「なんだよそれっ。そんな奴らがいるのか！」

「彼らも一応は商売です。何より、国が認めてしまっているんですから、手が出せません」

「だがっ！」

「国が違えば文化や常識も多少変わります。これぱっかりは、頭ごなしに指摘しても仕方がないってアルキス様もお分かりになるでしょう?」

「っ……けどよ……」

その国では奴隷商は他の商売と同じように、当たり前のもの。その奴隷商も、奴隷が当たり前であることを考えれば、特色ある店という程度のもの。喉を潰すのだってサービスの一環だ。

「奴隷商がいるという国の特色でしかないです。もちろん、奴隷に落とされる時の手段には問題があるかもしれません。ビジェさんも、違法に落とされたのかもしれませんしね。でも、奴隷制自体はアルキス様も納得していますでしょう?」

「あ、ああ……非道じゃない……奴隷についての法もちゃんとあったはずだ……」

孤児を拾って奴隷にするだとか、親が金欲しさに子どもを売るというのは許されてはいない。国で許しているのは、借金奴隷と犯罪奴隷だ。

扱いについての法が緩いのは否めないが、完全に否定的になるほど酷いものではない。ただ、中にはビジェのように、借金奴隷でも犯罪奴隷でもない者が取り引きされる場合もあるということだ。

「あ、でももう大丈夫ですよ?　もちろん、この後ビジェさんの入手経路などは調べますが、喉を治すついでにうっかり隷属の呪印も解いてしまいました。あなたを雇っていたシトアル侯爵も捕らえられた今、契約は仮の状態になるはずですしね。ただ、あなたが命令とはいえ、やったことについての罪は償(つぐな)っていただかなくてはならないかもしれません。そこのところの確認もありますので、あなたの知る限りのこと。教えていただけますか?」

「……分かった。キョウリョクします」

「ありがとうございますっ」

「っ……!」

感謝を表すそのコウヤの笑みに、ビジェは呆気なく陥落(かんらく)した。

それから三時間。休憩を挟みながら全てを話してくれたビジェ。自身が関わったことだけでなく、もしもの時のために弱味を握ろうと常に情報を拾っていたらしく、侯爵の悪事はほとんど全ての証言が取れてしまった。

「なら、やっぱり侯爵の指示で娘を……」

「そうキイタ……クスリをモったのは、イマのシツジ」

「本邸(ほんてい)の奴か?」

「そう。アイツ……ウデがたつ。きをつけル」

「俺が行く。まだ侯爵が捕まった情報は行ってないだろうしな」

アルキスが、捕らえるならば早くしなくてはと立ち上がる。しかし、それをコウヤは止めた。

「その執事なら、既に監視も付いてますから、焦らなくても大丈夫です。ルー君が要注意人物に指定してましたからね。変な行動を起こすとか、侯爵が捕らえられたという情報が国からの連絡以外であちらが知った場合、すぐに捕らえる準備はできてますよ」

抜かりはない。アルキスは思わず頭を抱えた。

「……またアイツか……神官殺し……マジで隙がねぇ……」

「ルー君はデキる子ですからね。日々着々と配下の人員も増えてますし、頼りになります！」

ルディエはここに来て、神子としてのカリスマ性を遺憾なく発揮している。ほぼ毎日、一人二人はユースールの教会に新しい神官がやって来るのだ。それも国を跨いで。最近は特に国外からやって来る者達が多かった。見方を変えれば、国内の協力者はほぼ集まったということだ。

それらをまとめるルディエの統率力もめきめきと育っていた。

「コウヤ……頼むからちゃんと手綱握っといてくれよ？」

アルキスは、国のためにも絶対にコウヤを敵に回すことがないように気を付けよう、と密かに決意するのだった。

特筆事項⑦　なぜか師匠になりました。

尋問を終え、ビジェには一応、両腕に拘束具がはめられていた。その手錠のようなものは、魔力を封じ、更に、設定した歩行速度よりも速く進むと体に負荷がかかる魔導具だ。因みにこれはコウヤ作。

一般的な拘束具は魔力を遮断するが、ここまで特殊仕様ではない。ただ、見た目がちょっとアレだった。枷を首と両腕と両足にはめ、それらが全て鎖で繋がっているのだ。鎖は手を下げた時に丁度軽く張る長さに調整し、手を振り上げられないように、足を大きく広げられないようにする設計だ。

コウヤはその物々しい見た目が嫌で、ユースールではこのコウヤ作の方が普及している。

「すみません。あまり拘束はしたくないんですけど」

「カマワない……フホウシンニュウしたことにカワリない……コウソクするのはアタリマエ」

三時間近くも喋ったのだ。声を出すのにも慣れてきたらしい。無理はするなと言いながらもかなり喋らせてしまった。

「お前、やっぱ悪い奴じゃねぇな」

「ハンザイにカタンしていた……ワルくないはずはないガ？」

「謙虚で正直な奴はちゃんと自制できんだよ。止まることができるのは悪い奴じゃねぇ」

勝手な見解だけどなと付け足しながらも、アルキスは完全に警戒を解いているようだった。

それが悪いことだと理解しながらも突っ走ってしまうのは、自制ができていない証拠。一度でも一線を越えてしまうと、戻りたくはなくなる。そちら側の方が余計なことを考えなくて良いからだ。人はより楽な方を選ぶもの。苦しむ方には行きたくないのが当然だ。だから戻れない。そして、自制するのが辛いことだと知ってしまうのだ。

「けど……コロシもした……コロスのはよくない……」

「そう考えられるビジェさんは正常ですよ。要は、俺達が信用できる人物かどうかです。善悪なんて、人それぞれの解釈がありますからね。同じ認識を持てる人かどうか。そこが悪い人かどうかの判断基準です。ビジェさんは俺達にとっては悪い人ではないと思います。信用させてください」

「……カッテなことはしない。ウラギらない。それでいいのか？」

「はい。それで充分ですっ」

笑顔で隣を歩くコウヤに、ビジェは不思議だという表情の後、ふっと肩の力を抜いた。

それを少し振り返り気味にして見ていたアルキスは、感心半分、呆れ半分の表情で正面を向き、肩をすくめた。

「さすが……神官殺しをタラシ込んだだけはあるぜ……」

コウヤは犯罪者に悔い改めさせるのではなく、単に自分の味方にしているのだ。持っている能力は暗殺術でもなんでもそのまま認め、『くるんっ』と自分の前で向きを変えさせる。

『あれ?』と思って不意に彼らが振り向けば、笑顔で全部肯定。その上、時々無防備に背中を預けられてしまえば『守らなきゃ！　力になろう！』と知らないうちにほだされてしまうのだ。

「真性のタラシだな」

「何か言いました?」

「っ、コウヤらしいと思ってな！」

そう思ったのは嘘ではないと誤魔化しておくアルキスだ。そこに、金の目立つ鎧が目に入った。

「わっ！　いた！　本当にいらっしゃいましたよ！」

鎧の方に目が行っていて、傍にいる魔法師にすぐに気付けなかった。魔法師はコウヤの方を見て騒いでいる。そして、そんな金の鎧の騎士達を引き連れた一団が、廊下の角からわらわらと現れたのだ。

「ん？　あ、消すの忘れてた！」

金の鎧を着た騎士ではなく、鎧姿の『影騎士』だ。魔法師達に護衛として付けていたのを、すっかり忘れていた。コウヤの言葉を聞いて、魔法師が顔を青ざめさせる。

「わぁぁぁっ！　け、消さないでくださぁぁい!!」

「え？」

叫んだのは王へ報告に来た魔法師だ。その彼が見事なスライディングでコウヤ達の手前まで滑ってきた。ちょっと顎と鼻が大変なことになっていそうだ。彼に付いていた『影騎士』が膝をついてワタワタしている。キョロキョロした後、彼をそっと抱き起こした。行動がいちいち人間臭い。

「えっと……大丈夫ですか？」

起こした彼の口から血が出ていた。どこか噛んだらしい。鼻の頭と顎はずるむけだ。騎士がまたワタワタしている。仕方ないのでコウヤは薬の瓶を差し出す。

何度も頭を下げて受け取った騎士は、ゆっくりと魔法師に薬を飲み干させた。面倒見が良い。

因みに、後ろからついて来ていた魔法師達は皆、体力がないらしく、ここまで走ってきたためゼイゼイと苦しそうに膝をついていた。それぞれの騎士がワタワタしている。体を支えて汗も拭いてやっていた。実に甲斐甲斐しい。アルキスとビジェはそれらの様子を見て微妙な顔をしていた。

　そこで、怪我が治った魔法師がコウヤを見て土下座した。

「はっ！　エミールを消さないでください!!」

「エミール？」

　誰のことだと首を傾げるコウヤ。だが、彼の横で正座し、照れたように頭（？）を掻く騎士を見てお前かと察した。

「『影騎士』に名前を？」

「はい！　ずっと一緒にいたいです！」

　騎士が顔を背けながらも両手で頬を押さえ、イヤイヤをする。恥ずかしがっているらしい。

「でも……場所取りますよ？」

「いいんです！　この存在感が良いんです！　寧ろ安心します！　嫁にください!!」

　女だったっけと騎士を見つめれば、指先をチョンチョンしていた。恥じらっているらしい。

「えっと、もしかして、全員ですか？」

　後ろへ視線を向ければ、呼吸も落ち着いたらしい魔法師達が皆、正座してコクコクと頷いていた。その隣で騎士達がそれぞれに恥ずかしさや嬉しさを表現している。まるで中身は乙女だ。

そんな設定していないけどな、とコウヤはちょっと遠い所を見そうになる。反対して消したら、それは鬼畜の所業だろう。答えは一つしかなかった。

「……どうぞ……」

「っ！　や、やった……っ、エミール！　これからも一緒にいられるよ!!　やったぁぁあっ!!」

歓声が響いた。それぞれの騎士と抱き合い、喜びを分かち合う魔法師達。

「あ～、お幸せに？」

「ありがとうございますぅぅぅっ！」

コウヤが消すか、鎧が砕かれるような攻撃を受けない限り、この騎士達は消えない。それが、コウヤが発動させた高位のこの魔法の効果だ。こうして、この国の宮廷魔法師達は全員が最高のパートナーを手に入れた。

「あともう一つ！　お願いがあります！」

「俺にできることなら構いませんが？」

真面目な顔でコウヤを見つめる魔法師。意を決したように、今度は騎士と一緒に土下座を決めた。

「どうか、師匠になってください!!」

「……師匠……ですか？　宮廷魔法師であるあなたの？　俺は冒険者ギルドの職員ですよ？」

「はっ、そのお年でギルド職員ですか!?　やはり優秀なのですね！　よろしくお願いします！」

「いえ、ですから、俺は魔法師ではないですよ？　それに、宮廷魔法師の方々は確か……それぞれ、お師匠様達から一人前と認められて、独立していらっしゃいますよね？」

それぞれに師と呼べる者達がいて、独立を許されなくては試験が受けられない。よって、彼らは逆に弟子を持っていても良い実力者達なのだ。国に認められた宮廷魔法師ならば尚更だった。

「それはそれ、これはこれです！　何より！　今回のことで思い知りました！　私達はもっと色々できなくてはならないはずなんです！　師匠なら分かるでしょう！　魔法に特化した冒険者の方なら、暗殺者だって返り討ちにするはずです！　師匠もできますでしょう!?」

「そうですねえ……というかもう師匠呼び……？」

さりげなく師匠呼びされているのに気付いた。それを誤魔化すように彼は続ける。

「私だって知っています！　騎士にさえ圧勝できる魔法師がいるとっ。近衛騎士や薬師の能力を引き上げたのが師匠だと聞きました！　エミールのように素晴らしい魔法の技をお持ちなのです！　師匠は間違いなく凄い使い手です！　お願いします！　師匠になってください！」

「……」

どうしたものかと悩んでいると、アルキスが肩を叩いた。

「まあまあ、俺に任せろ」

「アルキス様？」

一歩前に出たアルキス。ちょっと嫌な予感はした。

「コウヤは近衛や薬師達の面倒も見てんだ。そこにお前らまでとなるとさすがに無理だ。何より、コウヤの拠点(きょてん)はガルタ辺境伯領都のユースール。こっからは馬でも何日もかかる距離がある」

聞いている魔法師達は真剣だ。影騎士達までもが背筋(せすじ)をピンと伸ばしてアルキスに注目している。

「近衛や薬師達も自力でそこまで行ける力がある。まずはその力があることが前提条件だ。体力つけろ。そんで、近衛達と一緒にユースールに押しかけて行くのならイケるはずだ」

「なるほど！」

「……アルキス様……」

見事にそそのかした。

「お前ら、コウヤを師匠にしたいか〜！」

「「「「おぉぉっ！」」」」

「強くなりたいか〜！」

「「「「おぉぉっ!!」」」」

「目標に向かって突き進むぞ!!」

「「「「おぉぉぉぉっ!!」」」」

「訓練開始だぁぁっ」

「「「「Yes（イエス）！　Sir（サー）!!」」」」

ビシッと敬礼し、魔法師達はそれぞれの騎士を引き連れて駆け出して行った。ノリが良い。あんなに扇動（せんどう）されやすくてこの国の宮廷魔法師は大丈夫だろうか。

「ふぅ……単純な奴らで助かるぜ」

「……アルキス様……色々と言いたいことがあるんですけど？」

「ん？　良いじゃねぇか。もうこの際だし、城の奴ら丸っとコウヤに掌握（しょうあく）しといてもらえば、間違いなく敵なしになるからな」

これでコウヤの味方は全部この国の味方だ。怖いものなしである。

「俺、ただのギルド職員ですよ？」

「は？　神官殺しを飼い慣らしてる時点でただ者じゃねぇからな？　あれだけ魔法も使えて、薬師の腕も一流で、一応国一番だった近衛騎士達を笑って転がせる奴がただ者のわけねえよな？　ちゃんと自覚しろ？」

「自覚も何も、ギルド職員であることに変わりないですよ。それと、俺はまだ成人してない子どもです。本来、保護者か後見人が必要な年齢です。何させようって言うんですか」

「え？　あいつらの師匠」

　何を当たり前のことを、という顔で見られても納得できない。

「あの人達、ちゃんとこの国でも最高峰の力持ってますよ？」

「でも、コウヤの方が上じゃんか。見たろ。あの騎士をもらえた時の喜びよう。彼女の父親に挨拶に来て結婚の許しをもらった男の図だったぞ？　めっちゃ感動した」

「話を逸らそうとしてます？」

　アルキスは『すげぇの見たな』とちょっと興奮気味だ。ビジェに同意をもらって満足そうに頷いている。

「しゃぁねえじゃん。あいつらしつこいぞ？　普通にユースールまで押しかける気満々だからな？　それも国のことを考えもせずに、全員で。どうしてくれんの？　ここ、魔法師いなくなるよ？」

「……」

そこまでとは思わなかった。だが、魔法師は基本、研究でもなんでも決めたら一直線だ。あり得る。というか、さっきアルキスは押しかけるようにそのかさなかっただろうか。

「上手いこと手綱握ってくれ」

「丸投げしました？　俺まだ納得できてませんけど」

「じゃあ、兄上にとりあえず頭下げさせるわ」

「……アルキス様……」

そういえば、こういう人だったと思い出す。再会してからずっとアルキスはコウヤに振り回されてばかりで、本来の気質が発揮できていなかったのだ。ようやく余裕が出来たのだろう。

「ほれ、行くぞ。俺も一緒に土下座披露（ひろう）してやるからな～」

「しなくていいです……土下座って日本の文化じゃないの？　なんでこっちで浸透してるの？」

本家本元（ほんけほんもと）の前世でも見たことのなかった生土下座を、なぜかやたらとこちらで見るな、と改めて気付いてしまった。再び王達の待つ部屋に向かって歩きながら、コウヤはどうしてこうなったとひたすら首を傾げ続けるのだった。

ビジェも連れて部屋に戻ってきたコウヤに、ダンゴが駆け寄ってきた。

《主さま、あの子がお腹空いたって泣いてましゅ》

「あ、ごめんありがとう」

「っ……シンレイさま……っ？」

「ん？」

後ろでビジェがダンゴを見て何かを呟いた。しかし、赤子が泣いているのが見えて、コウヤはそのまま少し振り返っただけで確認はしなかった。

一方、アルキスはコウヤがまとめた調書をアビリス王へ手渡す。調書を取る間にすでにまとめており、これにアルキスが驚愕していた。事務職をナメてはいけない。

赤子はイスリナとリルファムがメイド達と傍で見ていてくれたようだ。

「コウヤさん。良かったわ。泣き出したのは今さっきだから心配しないで」

「にいさまがきてすぐでした」

「ありがとうございます。ごめんね。ほら、ミルクだよ～」

「あぅ……ぅ～」

しばらくイスリナとリルファムも静かに赤子がミルクを飲む姿を見ていたのだが、そっと年嵩のメイドが申し訳なさそうに尋ねてきた。

「失礼いたします。一つお伺いしてもよろしいでしょうか」

「はい。どうされました？」

こうして、直接メイドがこの場で聞いてくるということは、よっぽど何か気になることがあったのだろう。コウヤは快く返事をする。

「申し訳ありません。そちらの……哺乳瓶……でしょうか？　見たこともない形でして……」

「あ、そうですね。飲んでいるのがよく見えるように、こうして少し角度を付けてあるのです」

「なるほど……吸い口がガラスではないですね？　それを後で見せていただけませんでしょうか」

「構いませんよ。というか、予備がいくつかあるので、こちらをどうぞ」

コウヤは亜空間にある未使用の哺乳瓶を取り出して渡した。

「ありがとうございます！　こうした子どものための道具は、滅多に新しいものなど出回らないので」

彼女は感動しながら、他のメイドと共にそれを持って部屋の隅へ向かっていく。赤子の傍で騒がないようにという気遣いのようだ。大変好感が持てる。

それを呼び止めて、ついでに妊婦用に作った抱き枕やスリングクーハンなども出して渡した。これに、使い方を簡単にまとめた育児書も付けるのがコウヤだ。

「これらと併せてご覧ください」

「よ、よろしいのですか？」

「はい。ユースールの商業ギルドには登録してありますので、近々王都でも手に入るようになるとは思います。良ければ使い勝手など、女性の方の意見もあれば嬉しいです」

メイド達は、興奮気味に部屋の隅で話し合いを始めた。コウヤはそれを確認しながら、ミルクを飲み終わった赤子をあやす。すると、リルファムが表情を曇らせているのに気付いた。

「殿下？　どうされました？」

「あ……えっと……おなかがへんです……」

「痛いですか？」

「ん〜……？」

すると、くぅっとお腹が鳴っているのが聞こえた。

「あ、ふふっ。リルファム殿下。お腹が空いたんですね」

「おかな……はいっ。おなかがすきました！」

「沢山遊びましたし、とっくに昼食の時間は過ぎてしまっていますね。食べていないのですか？」

「そういえばそうだわ。なんだかバタバタしていてすっかり忘れていたわね……」

メイド達も色々あり過ぎて一杯一杯だったのだろう。侍従やメイド達も王の指示で部屋を出たり入ったりしていたので、すっかり失念していたのだ。

王宮内は完全に戦場だった。想定外のことが起こり過ぎたのだ。途中でコウヤのケーキなどを摘んでいたので、アビリス王やイスリナも今になってそういえばと空腹を思い出していた。

「すぐに食事のご用意をいたします！」

メイド達が動き出す。ただ、ここでコウヤは気付く。彼らが失念していても、普通なら料理番達が伺いに来るだろう。それがない。その理由は簡単だった。

「お料理する人いますか？　確か、色んな兼ね合いで、事情聴取を受けている気がするのですが」

「「「あ……」」」

アビリス王、アルキス、ジルファスがそういえばと固まった。

「この分だと文官さん達とかも食べれていないかも。俺もお腹空きましたし……厨房見てきますね」

「あっ、コウヤ……もしかして作ってくれるのかい？」

「ええ。作業が進んでいないようなら手伝わせてもらいますね」

ジルファスに尋ねられ、コウヤは頷く。若干、彼が何かを期待しているのには気付いている。

「父上。コウヤと厨房に行ってきます！」

「ん？　あ、ああ……見てきてくれ。さすがにそこまで気を回すことができなかったからな……」

「張り切って捕縛してんだろうからな……証言ができる奴らは守るって」

料理人達や、王宮で働く文官やメイドに至るまで、今回の貴族達の捕縛について証言できる者達は多い。そんな彼らの護衛や、聴取などを捕縛担当者達は張り切ってやっている。何しろ命がけだ。昼ごはんどころか、王宮の業務が止まっても関係ない。絶対に確実な証拠を突きつけて逃がさないと意気込んでいた。久し振りの大捕物。その上、国王の命だ。何が何でもと思うのは当然だった。

「オレは……どうすればバ？」

「あ、ビジェさんはそうですね……料理できます？」

ここに置いておくのもどうかと思う。牢に置いておいても、今は人員が足りず放置するしかないので、ならば使える手は使おうと考えた。

「シロのチュウボウではたらイタことある」

「素敵な経験をしてますね！　では一緒に行きましょうっ。アルキス様、彼は俺に任せてください」

「おう！　頼んだ」

　コウヤなら任せられると思う反面、もうビジェは何もしないだろうと信じているのだ。アルキスは快く見送る姿勢を取った。コウヤは赤子を籠に入れて連れて行こうとしたのだが、イスリナとリルファムが止める。

「赤ちゃんは任せて！」

「つれてっちゃイヤです！」

「えっと……分かりました。よろしくお願いします。ダンゴもお願いね」

《あい！》

　なんだか全然面倒を見られないなとコウヤは苦笑する。子育てする気満々だったのに、これでは完全に拍子抜けだ。だが、任せられる時は任せるのが一番。世の育児書にある名言だ。

「行ってくるからね」

「あぅぁ」

　早くも笑みを見せ出した赤子の手を一度握ってから、コウヤはジルファスとビジェと共に、王宮の厨房に向かった。そこで見たのは、鬼の形相で野菜を切り刻む威厳ある男性と、泣きそうな顔で厨房を駆け回る数人の料理人達。明らかに人数は少ないようだった。

「えっと……もしかして下の人達がごっそり？」

「……そうだな……あの鬼気迫る感じの人が料理長だ」

「分かりました」

「コ、コウヤっ」

コウヤは臆することなく、その料理長の元へ向かう。ジルファスが止めようと手を伸ばしていたり、ビジェがいつでも反撃できるように構えたりしているが気にしない。

「お仕事中にすみません。リルファム殿下が、お腹が空いたと仰いまして。手が足りないようならお手伝いできればと思い参りました、コウヤと申します。料理長さんでよろしいですか？」

「……そうだ。坊主、手伝えるのか？　ここは王宮の厨房だぞ。その辺の食堂とはわけが違う。分かっているか」

料理長は、コウヤの格好が文官のものではないと確認し、更に明らかに子どもだというので冷たい目を向ける。

「承知しております。俺の料理の腕は……そうですね。ジルファス様が召し上がって美味しいとお言葉をいただいております。お菓子類はイスリナ様やミラルファ様にも満足していただけました。どうでしょうか？」

料理長はそこで後ろにいたジルファスに気付いたらしい。

「っ……殿下……彼は……」

「戸惑うのも無理はない。だが、コウヤの腕は確かだ。我々の食事だけでも任せてくれないか？　食堂の方に手が回せるだろう」

「ですがっ……いえ……助かります。ご覧の通り、下ごしらえさえ苦心する状況でして……」

「分かっている。これはこちらのミスだ」

「そ、そんなっ。リルファム殿下に空腹を感じさせるほどの怠慢。申し訳ございません！」

それは怠慢だろうかと首を傾げながらも、コウヤは厨房を見回す。さすがは王宮。食材はたんまりある。幸いというか、まだ下ごしらえさえ完了できていない状態。一から考えられる。

「では、始めさせていただきます」

コウヤは広い厨房の一画を借り、料理長に今回の献立の予定を一応は確認してから、愛用のエプロンを着けてメニューを考える。

お昼の時間がとっくに過ぎているということを考慮し、夕食までの時間を計算して量も考えなくてはならない。そもそも、王宮の本来の昼食とはどんなものだろうか。ここは頼りになるところを見せようと張り切っているらしいジルファスに確認してみた。

「サラダにスープ、メインは肉で、パスタも出る時があるな。あとはフルーツ」

「それ、夕食との違いは量ですか？」

「いや。違いなんてないが？」

それはなんとも贅沢なことだ、とコウヤは軽く驚く。メインも肉オンリー。もちろん、調理法は違ったりするらしいが、魚はあまり出されないとのこと。この世界では魚は塩漬けや日干しして保存食として使うのが一般的なのだ。

とはいえ、王宮ならば新鮮な魚も手に入るだろうが、骨があるため避けられているらしい。過保護過ぎやしないだろうかとも思うが、女性が骨を口に入れた後に出すというのは嫌だろう。避けられるのは仕方がないのかもしれないと思い直す。

「では、もうお昼もかなり過ぎていますし、軽めにしますけど、ランチプレートでもいいですか？」

「あっ、『満服亭』のだね！　構わないよ。うん。あれなら量も分かりやすいし」

『満服亭』というのはユースールの食堂『満腹一服亭』のことだ。

いくつもお皿を並べるよりも、一つのお皿にまとめた方が場所も取らないし、洗い物も減る。それに、順番に差し出されて食べていくのではなく、好きなものから食べられるだろう。王宮にはないスタイルなので、きっとイスリナ達ならば楽しんでもくれるはずだ。

「はい。メインは……お肉ばかりならせっかくですし、あまり食べられない魚にしてみましょうか。あっ、サーモンがありますね！　ムニエルにしましょう」

こちらをチラチラと気にしているらしい料理長に、魚を使っても良いかと聞けば本当に使う気かと、盛大に顔をしかめられた。

王宮に勤める者達の食堂では骨も気にせず切り身で使うが、あくまでお肉料理が足りなくなった時の間に合わせ用として使っているだけだという。

コウヤは構わず魚の調理に入った。保存が利くように使われた塩がキツそうだが、それは魔法で簡単に抜ける。抜けかけている水分も元に戻し、鮮度をある程度回復させることにも成功した。それを素早く捌き、刺身用にでも使えるように切る。当然、問題となる骨がないようにするためだ。

コウヤ愛用の切れ味抜群の包丁や、あっという間に終わったその捌き方を見ていた料理人達は、口を開けて固まっていた。

ビジェも驚いた顔をしていたが、何か手伝えることはないかと近付いてきた。

「あとはサンドを普通のとフルーツ入りのを作って……サラダとスープがあればいいかな。スープは具沢山のミネストローネでどうです？」

「充分だよ！」

ジルファスは満足そうに頷く。

「それじゃあ、ビジェさん。野菜を頼みますね」

「きる」

ビジェにはミネストローネ用の野菜の大きさを指示して、ゴロゴロと切ってもらう。それが終わったらムニエル用にタルタルソースを作るので、その作り方を伝えておいた。

サンドをどうするか考えながら、コウヤはタマゴを手に取る。食パンがないようなので、フルーツサンドだけはコウヤの持っている食パンで作ることにする。普通のサンドの方は、ロールパンに玉子やハム、チーズなどを挟んでいく。これはジルファスがやってくれた。

コウヤは手際良くビジェとジルファスに割り振りながら進めていく。

「サラダのドレッシングはいつも何を？」

「特に何も……塩かレモンのはずだよ」

「なら、ドレッシングも作りますね。玉ねぎドレッシングかコールスロー、どっちが良いですか？」

『満腹一服亭』に通っていたジルファスならば知っている。

「……どっちも食べたい……っ、両方！」

コウヤならばそれでも何とかしてくれるというのが分かっているらしい。

「ふふっ。いいですよ。イスリナ様達の好みも分かりませんし、かけずに別に用意しましょうか」

「そうしてくれ！」

ジルファスはイスリナ達にあの味を知って欲しいと思っており、それにはいつかユースールに連れて行くしかないかと考えていたようだ。

出来上がったら後は盛り付けだ。一人ずつの大きめの皿に、サラダやメインの魚などを見た目も楽しげに置いていく。すると、それまで難しい顔をしながらこちらの様子を窺っていた料理長がツカツカと近付いてきた。

「見せて……もらいたい」

「いいですよ？　あ、良かったら味見されますか？　料理は食べてこそです。陛下達のお口に合うかどうか確認していただければ有難いのですが……」

「っ！　確認しよう！」

食い気味に返事をされた。それに内心驚きながらも、こういうこともあろうかと多めに作っていた分を、同じように盛り付けた一皿で差し出した。

「っ……ぅっ」

ムニエルを一切れ口にした料理長は、小さく呻いた後、一瞬固まった。

「えっと……？」

様子を見ていると、料理長はサラダもスープも一口ずつ口にすると、ジッと皿を見つめた。そして、スススッと皿を滑らせて横に移動し、こちらの様子を遠くで窺っていた料理人達の方へ移動していった。それから料理人達も一口ずつ食べる。その場で固まって皿を見つめながら会議が始まるまでに、そう時間はかからなかった。

「オドロイているナ」

「絶対に美味しいからね。無理もない」

「料理長さんのお口に合っているなら問題ないですね」

味見としてつまみ食いしたビジェとジルファスは、彼らを見つめて何度も頷く。あの様子ならば、王達の口にも合うだろうとコウヤはほっとした。

その間、コウヤは全ての皿の盛り付けを完成させ、メイド達用に具沢山のサンドを作っていた。薄めに切って焼いた魚も挟んだボリューム満点のサンドは、夜食としても保つように、いつものケータリングで使う保存紙で包んでおく。もちろん、後で戻ってきたルディエが拗ねないように彼の分は別に取っておいた。

「さてと、完成です。行きましょうか」

「あ、そうだね。お腹空いたよ」

亜空間に一度全てしまい込み、後片付けも終える。

「では、お邪魔しました～」

「「「「っ、っ!!」」」」

物言いたげに、こちらを凄い勢いで一斉に振り返った料理人達には気付かなかったふりで、コウヤは早足になって厨房を後にする。

一瞬見えた彼らの目が、飢えた人のような危険な色をしていた。これ以上は料理も余っていない。何もあげられないのだから、引き留められても困ると焦り気味に逃げた。

「アブナかった……」

「料理人にはあり得ない殺気だったな……」

「元気な料理人さん達がいる所はイイですよね～」

「ゲンキ……？」

「元気か～」

ほっとして、歩く速度が微妙に落ちた。それをコウヤが指摘する。

「ほらほら、急ぎましょう！」

リルファムがお腹を空かせて待っているのだ。子どもに空腹を我慢させてはいけない。

コウヤは喜んでくれると良いなと思いながら、部屋へ急いだのだった。


王達が集まっていた部屋の隣には、食事の取れる大きなテーブルが置かれた部屋があり、そちらへジルファスに案内される。

「お待たせしました～」

既にイスリナ達はそこで待っていた。プレートランチをそれぞれの前に用意すると、彼女達は目を輝かせる。因みに、ミラルファも戻って来ており、視線は目の前の料理に釘付けだ。

「どうぞ。召し上がってください」

その言葉を待ってましたといわんばかりに全員が手を伸ばす。それを目の端で捉えながら、コウヤはメイド長に大きなバスケットを差し出した。

「これ、皆さんの分です。まだお忙しいと思いますので、時間を見て召し上がってください。一応、この包み紙に保存の術を付与してあるので、明日の朝まで問題なく保ちます。余ったらお夜食にでもしてください。もちろん、近衛の方にも」

怪我人の治療のために出ていったテルザや薬師達が戻ってきていないので、メイド達の分だけでなく対応している薬師達の分も別に用意した。すぐにそちらは薬師達の元へ届けてくれるらしい。

「っ、私どもへのお気遣いまでっ……ありがとうございます」

「やった……コウヤ様の手料理っ。早く食べたいっ」

「俺っ、今日ここの担当で良かったっ」

メイド達は感動し、近衛達は喜びで泣いていた。

「にいさまっ、おいしいです！」

「良かった。しっかり噛んで慌てずにね」

「はい！　コレをかけると、おやさいもたべられます！」

リルファムが頬を紅潮させながら夢中で食べているのを見て、コウヤはクスクスと笑っていた。野菜が苦手らしい彼は、サラダにドレッシングをつけて、何よりも先に一気に平らげた。余程気に入ったようだ。子どもが苦手だと思っていたものが食べられた嬉しさは特別だ。周りの大人達もニコニコしている。

ほのぼのしたところで、ジルファスが空いている席をコウヤに勧めた。

「ほら、コウヤも座って食べよう」

「いえ。これはカトレアさんの分です」

「母上の分まで？」

「はい」

コウヤはカトレアの分もと思って、数を用意していたのだ。だが、ジルファスの考えではそれはコウヤの分だったらしい。シンリームも、まさかカトレアのことまで考えてくれているとは思わなかったようだ。

「さっき眠ったところなのに、そんなに早く目が覚めるの？」

「あの様子ですと、夜にしか目覚めません。なので、お夕食にも間に合わないかと思いまして。これをお夜食として食べてもらおうかと」

そう言いながら、コウヤは亜空間から『おかもち』を取り出す。スープもつけてから、二段に分かれたその中に入れてスライド式の蓋をした。

「……何だよ、それ……」

尋ねたのはアルキスだ。皆、一様に『おかもち』を見つめて手と口を止めていた。

「これは中に入れたものの劣化を防いで、それぞれの温度や状態をそのまま保ってくれる魔導具です。こうして上に取っ手が付いているので持ち運びも簡単ですし、状態を保つようになっているので、少し乱暴に傾けたりしても中のものは溢れません」

「……凄い……」

「「「……そうか……」」」

シンリームは感心した顔で、アビリス、アルキス、ジルファスは表情がないまま返事だけ口にして静かに食事を再開した。

「ふふっ。本当に面白い子ね。さすがに驚き疲れたわ。あ、それはわたくしがあの子が起きたら持って行きますからね。これを着けている限り、他の者より安全ですし」

ミラルファはカトレアのことを一手に引き受ける気のようだ。コウヤがミラルファとカトレアに渡した身を守るための魔導具は、役に立ちそうだった。

「はい。では、お願いします」

それからコウヤはビジェを見る。そして、アビリス王に声をかけた。

「あの辺りに机を出しても構いませんか？」

「ああ。構わないが？」

「ありがとうございます。それと、ビジェと食事をする許可をいただいても？」

「ん？　その……確か、カトレアに侯爵が付けていた暗殺者ではなかったか？　いや、まあ、色々と有用な情報をもらったようだしな……」

「おかしなことはさせません」

「うむ……」

アビリス王はアルキスとジルファスへ目を向ける。二人は頷いた。

「よかろう。その者はコウヤに一任する」

「ありがとうございますっ」

「う、うむ……」

キラキラな笑顔で礼を言われて、アビリス王は少し顔を赤くしながら食事に集中した。照れたらしい。それを見てアルキスもジルファスも言葉にしなくとも、同意するように何度か頷き、食事を再開した。

コウヤは許可が出たことで亜空間から部屋の端にテーブルを出し、椅子を二脚用意する。

「さあ、ビジェさん。こっちで座って食べましょう」

「いや……オレは……」

「ん？　お腹空(す)いてないですか？」

そう尋ねながら、コウヤは木の四角いプレートを出し、その上に保存紙で包まれたサンドを二つ、向かいの席へ置く。自分の前には一つだ。

このサンド、具沢山過ぎて一つで女性はお腹いっぱいになるだろう。因みに大きさは食パンを半分に切ったものだ。コウヤもそれほど食べる方ではないので、一つで充分だった。

だが、ビジェはそれなりに体格が良い大人の男性だ。つまみ食いではないが、味見をしていたとはいえ二つ食べられてしまうだろう。

「……いいのか……？」

空腹は感じているらしい。遠慮しようとしていたビジェの考えも変わった。

「もちろんです。どうぞ。スープも用意しますね」

「……アリガとう……」

「いえ。手伝っていただきましたしね。助かりました」

「っ、ん……その……ビジェと……」

「えっと？」

まだこちらの言葉に慣れていないビジェの言うことは分かり辛い。もう一度お願いしますとコウヤは笑顔で待つ。すると、小柄なコウヤを思ってか、ビジェは膝をついた。それから彼は、少し見上げるようにして真っ直ぐコウヤの目を見る。

「ビジェとよんデほしい。さんはいらない」

「……分かりました。ビジェ。これでいいですか？」

「いい」

「では、食べましょう。座ってください、ビジェ」

「はい」

大人しくビジェは席に座った。それを見ていたアルキスは『うわぁ』と声を出す。

「餌付けか？　いや、餌付けがトドメか……えげつねえ……本当に寝返ったな。さすが、神官殺しを懐かせただけはある……」

完全に手中に収めた瞬間だった。事情の分からないリルファム以外は、全員が表情を引きつらせている。そんな微妙な雰囲気になっているとは知らず、コウヤとビジェの周りは穏やかだった。

ビジェの手錠は、左右の間に距離があるので、手伝いも食事も問題なくできる。そうして、席についてサンドを頬張り始めると、夢中であっという間に一つを平らげていた。

「ふふ。そんな勢いで食べなくていいですよ。お仕事中じゃないんですから」

「っ、こ、これは……オイシすぎて……っ……ビックリした」

「それは良かったです。でも、早食いは良くないですよ。時間がある時はゆっくりよく噛んで食べてください」

「ワカった」

暗殺者や騎士などは、どうしても早食いになる。食べる時間が満足に取れない現場に出るからだ。だが、それでは消化に良くはないし、逆にエネルギー変換に時間がかかると思うのだ。どうしても体に負荷がかかる。慣れてはいけないことだとコウヤは思っている。

「……オイシイ……」

ビジェは幸せそうだった。それを見ている騎士やメイドさん達の目が怖い気がする。

「私達がもらったのって、アレですかっ？　めちゃくちゃ美味しそうなんですけどっ」

「が、我慢よっ。ちゃんと人数分は充分にありますからねっ」

「足りなかったら戦争です。断固戦います！　騎士だろうが食事の前では平等ですからね！」

「な、なあ、あそこのメイドさん達がコワイ……俺、勝てる気がしないんだけど」

「平和的にっ。文明人として話し合いを要求しますっ。戦いは何も生まない！」

騎士が剣を捨てようとしていた。メイドさん達に完全降伏の構えだ。彼らは訓練によって強者を見分ける嗅覚を身につけていた。

特筆事項⑧　アルバイトの方に出会えました。

食事も終わり、食後のお茶を楽しんでいる時、その人はやって来た。

「コウヤ様！　聖魔教の神官様が来ていらっしゃいます」

「あ、サーナさん。中間報告ですね？」

「はい」

「っ！」

白夜部隊のメンバーの一人だ。彼女は間違いなく強い。ビジェが思わず腰を浮かせて身構える。

「ビジェ。彼女は敵ではありませんよ。落ち着いてください」

「……そうカ……」

優雅な所作でアビリス王に礼をし、サーナは報告を始めた。

シトアル侯爵が過去に娘を手にかけた証拠を掴むため、ルディエは白夜部隊と共に侯爵領へ向かっている。王都からそれほど離れてはいないとはいえ、馬車で数時間はかかる距離。だが、ルディエ達にとっては、走れば一時間以内に着く範囲だ。そんな中、中間報告としてサーナはやって来た。

「シトアル侯爵本邸の執事を拘束、尋問の結果、当時侯爵の指示により毒を盛ったことを自白。使った毒が少し残っておりまして、回収し鑑定した結果『幽幻の蜜』であることが分かりました」

「『幽幻の蜜』だと⁉」

王が驚愕する中、コウヤはその薬についての情報を思い出す。

王家だけが持つことを許された薬で、王族以外が口にすれば毒となって死に至ると言われている。材料には『王族の血』が必要になるため、まず作ることは叶わない。作れたとしても、必ず王家に献上することが義務付けられており、これを無視すれば死罪となる。

薬は王族が成人の儀の時に血を摂取して、作られ、保管される。忠臣が罪を犯した時の処刑や、王族と殉死する場合に使われるものだった。王族が一生を終えれば、葬儀の時には薬も火にくべられ、浄化の白い焔となってその死を知らせる。

「あの薬は確か、飲んでも毒だと判断され辛いとか。昔は王による貴族の断罪の際に用意されていたはずです」

コウヤが遠い昔の頃のことを思い出すように、視線を宙に投げながら口にする。

「確かに、そのような歴史がある……よく知っているな……」

「ええ。薬師としての知識ですが」

「なるほど……」

完全な出まかせではない。薬師として知っておくべき歴史の話になってはいるのだ。ただし、コウヤが知っているのは、『幽幻の蜜』を最初に作り上げたのがコウルリーヤだったからだ。

そこで、サーナに確認する。

「その残っていた薬は持って来てます？」

「はい」

「持ってるのか⁉」

アルキスが飛び上がるようにして席を立つ。そんな危険なものをと思ったようだ。

「コウヤ様が確認される可能性を考えまして、お持ちしております。どうぞ、コウヤ様」

証拠品としてではなく、なぜコウヤにと不思議がるアルキス達をよそに、サーナは布に包んで持って来た青い小瓶をそのままコウヤに手渡した。

「あ、本当だ。三滴くらい残ってるね」

コウヤは確認しながらテーブルに置く。その横に、亜空間から取り出したB6サイズの紙を用意した。

瓶に手をかざし、鑑定スキルではなく真眼魔法をかける。ゼストラークの加護がなければ使えない特殊な魔法だが、その加護の知識があるのは、この場ではコウヤとサーナくらいだ。

魔法陣が瓶をスキャンするように上下左右に回転しながら動く。何度も往復し、一度動きを止めた魔法陣は、上部に収縮しながら移動すると、小さな球体になった。

それを隣に置いておいた紙の上に導く。すると、水滴が落ちるように紙へ浸透する。次の瞬間、波紋が広がるように文字が浮かび上がった。

名称▼　幽幻の蜜
容量▼　1／10

効能▼　本人認証
材料として使われる血を持つ者以外が服用した場合、死に至らしめる。
血に含まれる魔力の反作用を利用。
純粋な魔力を抽出し使用するため、火にくべると浄化の焔となる。
情報検索▼適合者死亡
破棄を推奨。誰が飲んでも死ぬことになる。
製作後235年経過。開封後35年経過。

見せていいものか一瞬迷った。恐らく、アビリス王達が認識している効能とは違うはずだ。本人認証用の薬だとは知らないだろう。だが、真実を知っておくのも悪いことではないだろうと思い直す。王族として、秘するべき所は隠してくれるはずだ。

「どうぞ」

「う、うむ？」

コウヤが差し出した用紙を思わず受け取り、そのままの勢いでアビリス王は目を通していく。そして、ビクリと硬直した。やはり、衝撃的な内容だったらしい。

何とか呼吸を正して咳払いを一つ。

「う、うむ……これには三十五年前に封が開けられたとある。三十五年前といえば……」

「フレイスね……まさか、本当に……」

痛々しい表情を見せるミラルファ。アビリス王があえて紙を見せずに口にしたことにも気付いていているはずだ。そこはわざわざ言及しないのが礼儀らしい。

アビリス王がコウヤから受け取った用紙は、さり気なくテーブルに伏せられていた。

「そのようだな……それと、この薬はここ最近のものでもないというのが分かった。作られてから二百年以上経っているらしい」

「っ、二百年⁉」

「おいおい……マジかよ……っ」

ジルファスとアルキスが驚愕する。ミラルファやイスリナ、シンリームは驚き過ぎて声が出ないようだ。昔のものとはいえ、それが王家の外にあるというのが問題だった。

そこへ冷静な声が響く。サーナだ。

「二百年ですか……四代前の内乱の最中に自害されたアザン王子のものの可能性が高いかと。そちらでしたら、作られたのは二百三十五、六年前です」

「っ、二百三十五年前のものだ……なぜ、なぜ分かるのだ？」

「この辺りの情勢は昔から把握しております。アザン王子の妹君が当時、シトアル侯爵家に嫁がれたはずです。その時に持ち出されたのでしょう。あの後、薬を処分したとは聞いておりませんし」

「な、なるほど……だが、よくそんなことまで知っているな……」

普通、同じ時代にでも生きていなければぴったり言い当てられるものではない。アビリス王はそのあり得ない可能性を察し、顔色を悪くする。コウヤはこのやり取りを見ながら、心配になった。実際に彼女はその時代に生きていたのだ。だが、それだけではなかった。

「アザン王子に自害をお勧めしたのは私ですので」

「……ん？」

何てことないといった様子の笑顔で爆弾発言をするサーナ。慌ててコウヤはそれを遮（さえぎ）った。

「サーナさん。それくらいでっ。ただ、この薬を使うことを知っているのなら、一度今王宮に保管してあるものも確認された方がよろしいのではありませんか？」

「そ、そうだな。確認させよう」

是非ともこの間に心を落ち着けてもらいたい。

「では、私は失礼させていただきます」

「あ、サーナさん。コレを試してみてほしいんですけど」

コウヤが亜空間から取り出したのは、幅（はば）三センチほどある腕輪だ。

「これは……魔導具ですね？　っ、まさか！　完成したのですか!?」

「はい。テストをお願いします」

「もちろんです！　これならば数分でルディエ様に合流できますっ」

「安全対策はしてありますが、気を付けてくださいね？」

「はい！　ありがとうございます！　いつものように報告書も上げさせていただきます！　では！」

とっておきの魔導具を受け取ったことで、サーナは興奮気味に、一瞬で姿を消してしまった。残った一同は、また何を渡したんだとコウヤを少し責めるように見つめるのだった。

サーナはウキウキと弾む心を抑え込みながら、王宮どころか王都を飛び出した。
「このくらい離れれば問題ないわよね」
左腕にはめた腕輪には、三つの魔石がはまっている。触れれば、どうすれば良いのか分かった。
「青が『水上バイク』で黒が『亜空間収納庫』か……それで、赤が陸地と空専門の『バイク』！」

早速、赤い魔石に魔力を注ぐ。そして、腕輪をした腕を前に掲げると、その先に魔法陣が現れ、中から湧き出てくるようにしてそれが出てきた。

レース仕様の大型バイク。ウィンドスクリーンが大きく取ってあり、頭はその中に入る。空も飛ぶので、風の抵抗対策だ。そこには地図などの表示もされる。同型のバイク同士は無線で繋げられ、国を跨いでいても通信ができるようになっている。

「カッコいい……っ」

色はワインレッド。所々にワンポイントで白と黒のラインが入っている。色は濃いが、闇飛行船マンタや光飛行船エイのように、ステルス機能搭載なので、姿を見せないようにすることも可能だ。ただし、それを使えるのは空を飛んでいる時だけという制限はある。

サーナはフルフェイスのヘルメットをかぶり、いざ出陣とエンジンをかけた。魔法による動力なので、音はそれほどしない。ただ、かかったことが分かるように『ウヲォンッ』という特殊な音がする。跨がると、これと一体になったように、何をどうすればいいのかが分かる。とはいえ、基本操作などはコウヤに試作機のテストを頼まれていた関係で知っていた。

「行きますっ」

スロットルを回せば、先ほどの起動音よりもはっきりと『ヲォン！』と音がして動き出す。速度のテストもついでに行うつもりで、一気に一つの領を横切った。

「凄いっ……一時間の距離が数分なんてっ」

サーナ達が身体強化をすれば、一般的な馬車や騎馬の倍以上の速さで駆けることができる。だからこそ、サーナ達は乗り物に頼らない。コウヤのエイやマンタでなければ、走った方が速いのだ。

だが、これはどうだろう。

「お願いして良かった」

独自で使える乗り物が欲しいとコウヤに相談した時は、どうかしていた。ルディエに気付かれれば、絶対に図々しいと仕置きされていただろう。だが、もっとコウヤの役に立つため、ルディエの力になるためには欲しいと思ってしまったのだ。コウヤはその思いに応えてくれた。

『使い勝手が良ければ白夜部隊の全員に用意するよ。俺はこういう大型のが、まだ似合わないから作らなかったけど、ずっと作ってみたかったんだっ。数を用意したら圧巻だろうな～。あ、ルー君には、俺も乗れるような何かを別に考えて作るから心配しないで。二人乗りもできるようにしておくね』

ルディエに内緒だと言って、時間を割いてこれを作ってくれたのだ。団体で走っていくのは、確かに圧巻だろう。是非その時は見せなくてはと思っている。

「次は空ね」

飛行用への変形操作をしながら加速する。少しだけ車体を持ち上げるようにすれば、軽く浮き上がり、下の部分に三角の翼が開いた。

「っ、飛んだっ。あ、ステルス機能っ」

下から見えないようにして高く上空へと飛んでいく。速度は下を走っていた時と変わらないが、全ての障害物を避けられるので、断然速い。

「凄いですっ、さすがはコウヤ様！」

サーナは興奮しがなら、束の間の飛行を楽しみ、ルディエの待つシトアル侯爵邸に向かう。王宮までの移動時間の三分の一ほどで来られたということに驚いた。

「こんな短時間でっ……ルディエ様もお腹を空かせていらっしゃるでしょうね」

動けば腹は減る。コウヤはこの腕輪の亜空間庫に食事を入れておいてくれたらしいのだ。数はかなり用意されていたので、夕食分を避けて今からでも食べるだろう。

「ふふっ、こんなに楽しい調査は初めてです♪」

サーナにとって、今回の調査は遠足くらいの感覚にしかなっていなかった。それでも望まれる以上の成果を出すのだから、大変優秀だ。ただ、今回のバイクをはじめとした腕輪について、ルディエにどう説明しようかなと考えるのだけは避けられそうになかった。

◆　◆　◆

コウヤは何とか日が完全に落ちる前に王宮を出ることができた。とはいえ、明日の昼にはセイを連れて再び王宮に行くことが決まっている。セイはまだ落ち着かないということで、コウヤだけレンスフィートの王都の屋敷に来ていた。

「それは大変だったな……」

王宮であったことを話しながらの夕食。遅くなってしまったので、全てを作ることはできず、デザートだけがコウヤ作だ。

「はい……なんか出て来るだけであんな大騒ぎになるとは思いませんでした」

「まあ、コウヤの料理を知ってしまえば、宮廷料理人達も必死になろう」

そう。ある意味予想通りというか、王宮を出る時に一悶着(ひともんちゃく)あった。

夕食を作り終えたらしい宮廷料理人達は、聞き取り調査のために出払っていた者も含めて、ほとんど全員が王宮の出口付近で並んで待っていたのだ。

ジルファスに見送られながらやって来たコウヤの姿を見ると、彼らはその場で土下座を決める。もう見慣れたものだ。距離を取りたくなるのはどうにもならないが、それでも慣れた方だと思う。そうして、長い料理の称賛(しょうさん)合戦が始まった。

「でもさすがは宮廷料理人です。細かい調理法の指摘とか、感心させられました」

野菜の切り方まで指定していたことや調味料の使い方など、様々な質問や称賛が飛び交ったのだ。それも、正座をしながら。とってもいい姿勢だった。料理人というより、武人と言われてもおかしくない顔つきと姿勢に、コウヤは気になって仕方がなかった。

「それで、その料理人達にレシピを渡したのか」

「はい。さすがに終わりそうになかったので、ユースールの商業ギルドで販売している料理本を。商業ギルド経由でユースール支部に代金は入れてもらいますし、問題ないとは思います」

「あの本はまだ王都の商業ギルドには来ていないのか？」

「ユースールほど本が読める人がいないようで、調味料とかの流通の方が先行してるんですよ」

「なるほど……」

この世界の識字率は低い。料理人達の世界で言えば、レシピは師匠から弟子に口伝で受け継がれていくもの。レシピを書面で残している者はごく少数だ。寧ろ、隠したがるのが普通なので、わざわざ紙に書いて残さないのが当たり前だった。

「それで、料理人の人達はなんとか道を開けてくれたんですけど、そのあとに魔法師の方達や薬師の方々が並んで見送ってくれて……ちょっと恥ずかしかったです……」

「あの引きこもり気質な魔法師と薬師が総出でか？　それは凄いな……そのうち、ユースールに押しかけて来ないか心配だ」

「ジルファス様にも言われました。騎士の人達まで来る気満々なので、止められないかもと」

「最初から諦められたか……」

無力な自分を許してくれとジルファスが肩を落としていた。騎士ならばともかく、料理人なんかは命令なんて聞かないだろう。それどころか、行けないなら辞めると言いそうだ。それは薬師や魔法師も同じで、騎士達に許可を出している以上、どうにもならなかった。

「明日はセイ殿と昼に出かけるのだったか……明日も夜は泊まりに来てくれて構わないからな。あまり無理をしないように。休暇のはずだしな」

「はい。充実した休暇にします！」

「……う、うむ……放っておいてもコウヤは充分に充実してしまうようだから、ほどほどにな？」

たった一日でこれだけ濃い内容になったのだ。レンスフィートが心配になるのも無理はなかった。

◆◆◆

翌日、コウヤは朝食をレンスフィートとまったりといただき、九時にはテルザの屋敷にやって来た。

「えっと……おはよう、セイばあさま……」

「なんだいその顔は……言っとくけどね。そう簡単に戻ったりしないよ」

セイは、三十頃の美女のままだったのだ。『ばあさま』と呼ぶのが奇妙で仕方がない。だが、他に何と呼べば良いのかも分からず、結果おかしな表情になってしまっていた。

「それは、この聖域を出ても？」

「ああ。それは確認したよ」

「そうですか……」

まさかこんなことになるとは、予想外も良いところだ。

とはいえ、凄い美人だと思う。これでメイスを担げば、さぞ迫力があるだろう。その辺の盗賊ならば、その姿を見ただけで降伏しそうだ。逃げることも諦めるだろう。

切れ長な目はとても気の強い女性に見せており、眼光は年齢を重ねた強さがあった。そして、何よりも大人の女性という色気が凄い。

「ところで、ばあさま……その服合ってないですね……」

「おや。私としたことが……これでは王宮に行けないね」

セイは服装を変えていない。だが、サイズや身長などもかなり違っている。着られてはいるが、やはりぴったりではないのが気になる。これは予想通りでもあった。

「それは大丈夫です。今、サーナさんに色々と買いに行ってもらっているので」

「……坊……相変わらず気の利く子だねえ」

セイがじわじわと喜びを表していく。そして、思わずというようにコウヤを抱き上げた。

「へ？　わわっ」

「まったくコウヤは良い子さねっ。今なら息子にしても問題ないよねえ？」

平均よりも小柄とはいえ、幼い子どものように抱き上げられて反射的にコウヤは慌てる。

「っ、お、下ろしてよぉ」

「はははっ、可愛いねえ」

「うぅ……サーナさんが帰ってくるまで、台所借りるよっ」

コウヤは下に下ろされるとすぐに、台所に向かった。セイ達の食事を軽く用意するつもりだ。

しばらくするとそこに、白夜部隊のジザルスがやって来た。

「ジザルスさん。そういえば、この家の手続きってどうなりました？」

「先ほど書類を提出して参りまして、セイ司祭様と契約も交わしました」

「テルザさんじゃなくて大丈夫でした？」

「一応、一度お戻りになられ、その時に私に一任すると。ただ……セイ司祭様の姿を見られてかなり動揺なさっておりまして……」

そういえば、テルザに家を買うとは言ったが、セイのことは言っていなかった。この変化は前の姿を知っていれば衝撃だろう。

「頭を冷やす意味でも、王宮で仕事をしてくるそうです」

「そ、そっか。後で様子見てくるよ」

「そうなさってください……」

これはセイ抜きで確認が必要かもしれない。テルザはセイに好意を持っていたように思う。ならば、今、色々と葛藤(かっとう)していることだろう。コウヤもジザルスも同情する。初恋だったらどうしよう。


丁度調理を終えた頃、サーナとルディエが帰って来たようだ。台所を出ると、サーナが赤子をあやしてくれていた。コウヤに気付いてそのまま彼女は笑顔で振り返る。

「コウヤ様。ただ今戻りました」

「お帰り。買い物ありがとう」

様々な布が机に立てかけるように置かれており、机の上には食材が並んでいた。

「ルー君も報告ご苦労様」

「ん……兄さん……僕もバイク欲しいんだけど……」

やっぱりそうだよねと苦笑する。

「ルー君や俺にはアレは大きいからね。あの大きさより小さいのは格好付かないし、ちょっと考え中だから、もう少し待っててね」

「兄さんと一緒？」

「うん」

「ならいいや。待つ」

機嫌が悪くならないようで良かった。

「コウヤ様。お名前は付けられましたか？」

赤子の名前のことだ。サーナの言葉に、コウヤは自信満々で答えた。

「うん。今朝一番にねっ。『レナルカ』。古代語で光の梯子って意味だって」

「素敵ですっ。レナルカさん。サーナと申します。これからよろしくお願いいたします」

「うだぁ」

昨日よりもレナルカは声を出すようになった。名前を付けて個の存在がはっきりしたからだろうか。因みに、名前は夜に結構考え込んでいたのだが、ダンゴやパックンにもう寝るようにと散々言われ、眠ったら神界に呼ばれた。そこでゼストラーク達と四人でうんうん唸りながら朝までかかって考えて付けたのだ。そして、ゼストラークに言われていた通り、改めて種族名も決めた。

「『飛空族』っていうんだね……」

ルディエが鑑定したらしい。

「古代人種って言っても色々だから、種族名が分かって良かったよ」

「うん……飛空族か……なんかカッコいい……」

ちょっとなんというか、この名にした時のゼストラーク達の顔は微妙だった。リクトルス曰く、

『なんでかな……空を暴走するのが見えるんだけど……ってかコウヤ君！　バイクで飛ぶとか反則だよ!!　暴走族が空飛んだら大変なことになるよ!?』

とのこと。だがこれにコウヤは冷静に返した。

『暴走族さん達はヘルメットしないでしょう？　それに静音仕様だよ？　全然暴走族さんじゃないよ』

そうだけどそうじゃないと言いながらリクトルスは崩れ落ちていた。エリスリリアは爆笑し、ゼストラークはとっても遠い所を見ていたように思う。本当に一日で色々あった。

「じゃあ、お昼食べてから王宮に行くけど、その前に、ばあさまの服作っちゃうね」

「そんなに気になるかい？　昔もこういう格好だったよ？」

セイが着ているのは、昔から使っている華美さのないシスター服だったが、引き締まった腰や胸のラインのせいで、扇情的にも見える。それに、背が伸びたことで丈が短くなってしまい、滑らかな足が覗いているので、もう少し隠さなくては危ない気がする。

そこで、コウヤは『聖魔教』の神官服を着るのはどうかかと提案した。

『聖魔教』では独自の神官服を用意している。神に仕える騎士のようでありたいというサーナ達の要望で、どこか騎士服に見えるデザインだ。色は女性も男性も同じ深い青。

「絶対にこっちの神官服の方が似合うよ。それと下着も一式作ったからそれも着けて。ばあさま美人になり過ぎだよ。セイねえさまって呼ぶ？」

手を高速で動かしながら、制服を作り上げていく。『聖魔教』の神官服はこうしてコウヤが全部手作りしている。ルディエも持っているが、着るのは一日教会でじっとしている時だけで、外に出る時は着ない。大事過ぎて外で汚したくないからだというのは、サーナ達しか知らなかった。

ただし、ばばさま達がそれを容認している理由は他にある。どうやら、ルディエは神官服を着ると神子オーラが出過ぎて、誰でも拝まずにはいられなくなるらしい。下手に外に出せないというのは、べニ達も同意見だった。

「ねえさまか……いや、母さんって呼んでみるかい？　もしくはママだね」

「……セイお母さん……言いにくい……ママもない。やっぱりセイばあさまかも……」

「なんだい。まったく残念だね」

長く親しんだ呼び名は簡単に変えられるものではない。特にママ呼びはちょっとないと思った。

「出来た。着替えてきて。肌着はこれね。それで……これが下着……」

自分で作っておいて、顔を赤らめてしまうのはご愛嬌だ。黒のセクシー下着になってしまったのだ。しかし、絶対に似合うと思った。寧ろ、野暮ったいのは絶対に合わない。

「……これ、胸当てかい？」

「うん。若い人達ってどうしてるの？　こういうの置いてある店ってないけど」

そういえば、ランジェリー系を売っている店って見たことないな、と気付いてしまったコウヤだ。

「胸当て布を巻くか、丈の短い下着を何枚か重ね着するんだよ。ふ〜ん……これは便利そうだねぇ。サーナのも作ってやりな」

「え……」

「お願いしますコウヤ様っ」

「そんじゃ、着てくるかね」

「……」

思春期頃の少年が女性の下着作りを強要されるというのは、いかがなものなのだろうか。問題はないだろうか。それらを悶々と考えながらもコウヤは作り上げた。寧ろ邪念など全くない。色々と考えさせられた。そして、下着を着けたセイとサーナの感想がこれである。

「コウヤ。ユースールに帰ったらすぐに商業ギルドに行ってきな！　世の女性に必要なもんだ！」

「コウヤ様！　素晴らしいです！　全然苦しくないんですよっ。でもちゃんと押さえられてるんですっ。動きも阻害されません！　これなら今まで以上に動き回れます!!」

どれだけ動き回るつもりなのだろう。サーナは既に爆走して空も飛んで行くので心配になる。そんなこんなでゴリゴリと精神を削られたコウヤは、癒しを求めて昼食を並べ始めたのだった。

ジザルスに留守を頼み、コウヤはレナルカを抱いて、サーナ、セイ、ルディエとダンゴ、パックンを連れて王宮にやって来た。出迎えに出てきた騎士は、セイを見て固まった。

「へ……あれ……？　セイ様が来られるという話では……」

ばばさま達は、誰が誰だか分からなくても、一人の顔さえ分かればいい。だが、そこにいたのは三十頃の美女だ。誰もこれがばばさまとは思わない。

「えっと、その……間違いなくセイばあさまです。ちょっと聖域を作る時に色々ありまして、こういうことになってしまいました……」

「……はい？」

コウヤの言葉が嘘だとは思わないが、騎士は教会で見たことのあるサーナに目を向け確認をすると、頷き返される。そして、怖いけれど教官であるルディエに目を向ければ、ムッとしながらも頷かれ、納得するしかなかった。

「っ、なるほど……セイ様、女神のような美しさに少々我を忘れてしまいました。お許しください」

「ええよ、ええよ。気にせず案内しておくれ」

「あ、その言い方……はい！　ご案内します！」

声も若返っているが、この言い方はセイで間違いないな、と騎士は感動と共に納得した。

そして、多方面から様々な視線を受けながら王宮内を進み、昨日ぶりに王族の集う部屋へやって来た。

騎士に案内され、王と対面したセイは優雅な礼を決める。この場で彼らを出迎えたのはアビリス王、アルキス、ジルファス、それとミラルファだ。

「『聖魔教』司教のセイと申します。この度は、こちらの王都で教会を建てる許可をいただきたくご挨拶に参りました」

昨日、コウヤがこの王城にいる間に、セイはユースールにいるベニとキイに連絡を取っていた。王都に教会を置くことに反対はなく、これにより、ベニが大司教、セイとキイが司教を名乗ることに決まったらしい。

アビリス王はジルファスにセイのことを老婆だと聞いていたらしく、少々面食らった表情を見せていた。コウヤも『セイばあさま』と呼んでいたのに、見た目の印象が違い過ぎた。

「こ、これは、このようなお若く美しい方が司教になられるとは驚きました。いや、失礼……

ようこそおいでくださった。教会のことも歓迎させていただく」

「ありがとうございます」

　この挨拶の間、ジルファスやばばさま達を見知っている騎士達は大混乱中だった。

「なにあれ……変装⁉」

「あの方々ならできそうに思うがさすがに無理では⁉」

「いやいや、だが、面影はある。全くの別人とも言えんし……」

「娘さん⁉　お孫さんとか⁉」

　因みに、ジルファスの中では『変装説』が有力だった。

「セ、セイ殿……？」

　動揺し、無遠慮に見てしまうのは正常な反応だ。これにセイが魅惑的な笑みを浮かべる。

「少々前の姿に戻っただけのことよ。この子は本当に、油断するとたまにとんでもないことをしてくれるからねえ」

「うっ……えっと……」

　コウヤが原因であると知ると、おかしなもので『コウヤだしな……』で落ち着いていく。

　セイは目を細めて言う。

「ふふっ、コウヤ、下で呼んでいる者がおる。行ってきな」

「あ、うん。オスローだね。あの、どなたかついて来ていただけますか？　さすがに俺一人で城を動き回るのは良くないです」

　オスロリーリェは寝床に帰ることはできても、迷わずこちらに出てくることができない。会いに来て欲しいと、ここに来てからずっと訴えてきていたのだ。

「兄さん、僕も行く。兄さんのことだから、ついでに聖域の調整もするでしょう？」

「オスローもして欲しそうだったからね」

「あそこ、場所が悪いよ。元を断たないとまた戻るけど？」

「う～ん……あっ、なら、セイばあさま。あの神器になったタマゴの欠片（かけら）使っていい？」

「ええよ。好きにしい」

「ありがとっ。あ、ダンゴとパックンはまたここでレナルカを見てて」

《いいでしゅよ》

《行ってらっしゃーい(*´▽`)ﾉ》

「あ～ぁ」

　そんな話をしながら、コウヤは騎士を一人伴ってルディエと部屋を出て行った。

　ジルファス達は先ほどの話の意味を聞きたくて仕方がない。そんな表情をそのままセイに向けた。

「説明がいるかい？」

「お、お願いできますか？　その前に書類のサインだけ済ませてしまいましょう」

「それがええね」

アビリス王はいくら息子のジルファスと同じくらいの見た目をしていても、セイが敬意を払うべき年長者であるというのを感じていた。

全ての面倒な手続きを済ませてから、改めてセイの話を聞くことになった。

「それで、コウヤは何をしに行ったのですかな？」

「それを教えるには、先に知らねばならんことがある」

セイはソファーに深く腰掛け、年長者の持つ特有の雰囲気を漂わせた。

「昔はねえ。ここのように国の中心となる場所に作られる儀式場は、神と語らう特別な場所として、常に聖域を保つように神子が管理しておった。だが、人は権力に負け、自らの利権を求めて陰謀を巡らすようになる。そうした諍いを神子は嫌うでな……次第に国とは関わらぬようになった。これにより、王族の婚儀や重要な儀式の時にのみ聖域を整えるという今の形になってしまったのさ」

儀式場については、今の使い方がどの国でも当たり前になっている。国の歴史を知っていなくてはならない王であってもそんなことは知らなかった。多くの国を巡っていたアルキスでさえ、そのような話は欠片も聞いたことがない。

「それってのは、国としては良くねえってことなのか？」

「そうさねえ。ただでさえ、神は神威戦争の折より、人との関わりを控えられるようになった。国が神との関係を絶っていなければ、これまであった疫病や飢饉、人の過ちによる人災の予兆をもっと早くに知れただろう。その対応策も国として打てていたはずだ」

「……俺らの方からその機会を捨てていたってことか……」

王として、次期王として、アビリス王とジルファスは言葉もなかった。

「愚かなことだよ。国として、得られていた恩恵を自分達で断ったのだからねえ。だが、そうした人の愚かさをも、優しい神々は愛しておられる……」

「「「っ……」」」

セイが祈りを捧げる。そんなセイの後ろでは、神官服姿のサーナも祈っていた。二人の姿を見た一同は息を呑む。そして、次の瞬間には誰もが同じように手を組み、神への祈りを捧げていた。この場は今、どこよりも神聖な場所だった。

アビリス王達は、不思議な感覚を味わっていた。どこまでも心が穏やかに澄んでいく。純粋な神への祈りの心は、人の持つ愚かな邪念をも祓ってしまうのだ。何より、セイとサーナを見て誰もが思った。『女神とその巫女のようだ』と。

だが、すぐにそのような神聖な雰囲気は元に戻る。まるで、堅苦しいのは嫌いだというように、セイは楽しげに笑い飛ばしたのだ。

「さて、聞きたいのはコウヤが何をしに行ったかだったね」

「あ、はい……いえ、ですがお話をお聞きして理解いたしました。神器という言葉を聞いておりますし、儀式場を元の本来の聖域を保った状態にしてもらえるということでは？」

　アビリス王はそう口にする。そんなことが可能かどうかを考える余地(よち)はないだろう。

「そういうことさ。運良く神器があって、守護妖精もいるでね。神子が居らずとも、聖域を固定しておくことができる。守護妖精が神子の代わりもしてくれるだろうよ」

「いえ、ですが……」

「棲みついとるんだ。部屋代だと思えばええ。アレなら人が簡単に利用できるもんでもなし、権力にも屈(くっ)さんだろう。ただ、連絡係は決めときな？　良(え)え人選を期待しとるよ」

「……分かりました」

「心配せんとも、何か問題があれば相談に乗ろう。うちは、神官の半分が元とはいえ神子や巫女の特殊な状態だでね。権力には左右されんよ」

「……え？」

　ニコニコと微笑むサーナに目を向けた一同は、セイに確認するように視線を向けると頷かれる。それだけでまず、サーナが巫女であることが察せられた。その事実を理解し『聖魔教』が神に認められた存在であると納得せざるを得なかった。

　アビリス王は、それを理解した時、瞬時に頭の中で様々な打算(ださん)が巡るのを感じていた。

この世界で最も神に近い教会ならば、他の多くの教会を廃(はい)して、これを国教と定めるべきではないかと。そうすればコウヤとの関係もと考えたところで、セイが静かに見つめていることに気付いた。

「っ、セ、セイ司教？」

「王とは難儀な生き物だねえ。コウヤはこの世で一番理不尽を強いられる職業だと言うたか」

「っ……その通りかもしれません……」

全てを見透かすような瞳。恐らく本当に全てを見透かされているのだろうと思える。そう思えばアビリス王も諦めがついた。自嘲気味に笑えばセイは楽しげに笑みを深める。

「悩むことは悪いことではない。この世で誰よりも多くの選択を強いられ、打算的だと認めながらも自らの汚い部分も見つめて考える……人は本来、誰もがそう在るべきだ」

彼女はどこか嬉しそうに、アビリス王を見つめる。その言葉はアビリス王だけでなく、次期王となるジルファスや他の面々も静かに受け止めていた。感じる重さは違えど、聞くべきだと思ったのだ。

「王とはその生き様を強要されておるのさ。だが、誇れば良い。その生き様こそが神々が望まれる人の在り方なのだからな。大いに悩め。それも必要なことだ。そして、多くの者に見せつけよ。どのような結果になっても悩み、考えて出した答えなのだからな。王という存在が見せた生き様は、それを見た人々が何かを考えるきっかけとなろう」

注目される立場であるからこそ、その意識も持ち、答えを出さなくてはならない。そうして悩み、考えて出した答えならば、どのような結果になっても恥じるなということだ。

「この世界を回す大きな歯車の一つであるという認識は持たねばならんよ？　神に、人に恥じぬ己だけの生き様が示せることを祈っておるよ」

「はい」

アビリス王のはっきりとした声と清廉な瞳の色を見て、セイは美しく微笑んだ。それからは、他愛もない雑談になった。話題はコウヤのことが大半だ。セイもまるで孫を自慢するように楽しげだった。

騎士を先頭に、今回は王宮内を普通に歩いて、とはいかないのがコウヤとルディエだ。騎士は最後尾だった。というか、気持ち的には彼らを追いかけるのに必死だった。

「ちょっ、こ、コウヤ様っ。これなんですか⁉」

「滑り台だよ？　これが儀式場までの直通だからね～♪　これ、鎧でも滑れるんだ♪」

ローラー滑り台だった。お尻を付けるところこそばゆい。

「あそこまで行ければ、宝物庫まで一つ上がるだけだし。相手も僕達が下から来るとは思わないから良いじゃん」

「た、確かにそうですがっ。普通に行きましょうよ!!」

「「なんで?」」

「……」

非常時じゃないのだ。どうしてこの道を、と思うのは仕方がない。だが、騎士は気付いてしまった。コウヤとルディエは単に面白いからというのもあるが、本当に万が一の時のために、事前に使っておくように配慮したのだ。コウヤ達はいつもいるわけではない。なので、騎士も真剣にコレについて考えてみた。

「ドレスや裾の長いものでは巻き込みますよね……避難路には使えませんか」

「そうなんだよね〜。避難路は別にあるから、そっちも今度教えとく」

「はい!」

そうして、一分ほどで儀式場のある階までやって来たのだ。

「あ、そうだ。オスローの所から戻る時に、テルザさんの所に寄っても良いですか?」

コウヤが振り向きながら尋ねると、上階に向かう階段の位置を確認していた騎士は頷いた。

「構いませんが、何かありましたか?」

「今のセイばあさまを見て、テルザさんがかなり動揺されたらしくて、心配で」

「ああ……理解しました。それは心配ですね」

　テルザがセイに思うところがあるというのは、騎士達も気付いていたらしい。そこにあの姿のセイを見れば動揺するのは当たり前だと納得したようだ。

「さぞ、セイ様はおモテになったでしょうねえ」

　騎士はセイの姿を思い出すように視線を上の方に飛ばす。これにルディエが冷静に指摘した。

「現実を見なよ。さすがに今は年齢のこともあって落ち着いた感じだったけど、若い頃は結構無茶してるはず。あのセイ司教がメイス片手に笑ってたらどうよ」

「……っ、か、カッコいいですけど、とっても怖いですね……絶対に逃げられない気がします！」

　騎士は涙目だ。ルディエでさえ、顔を青ざめさせていた。

「頭かち割られるか、肋骨を砕かれて吹っ飛ぶ人達が見えたよ。というか実際に見たことある」

「っ……屍のように倒れている人達の上にいるセイ様が見えましたっ」

「絶対笑ってる」

「それはもうっ！」

　高笑いが聞こえた気がして二人は少しだけ身を震わせていた。

「ふふっ、そうだね～。セイばあさまは、ばばさま達の中で一番短気だから、気を付けないとね」

「「……」」

笑えているコウヤも怖かった。

そんな二人を気にせず、コウヤは儀式場の扉をノックしようとしたところで視線に気付いた。

「ん？　え～っと……文官さん？」

「っ……」

三人の文官が曲がり角の所で頭を覗かせていたのだ。

《その人達……バイト》

「バイト？　あ、オスロー、遅くなってごめんね」

《いい……でも……待った……》

「うん。お待たせ」

昨日に引き続き、可愛らしい子ども服でまとめたオスロリーリェは、扉を少し開けて出てくると、すぐにコウヤの服の裾を掴んでいた。

《話……する》

「すぐに応接セット用意するね。そっちのバイトさん……じゃなかった。文官さん達もどうぞ。お疲れのようですし、お茶でも淹れますね」

「え……」

コウヤはオスロリーリェをくっ付けたまま、儀式場の前に、昨日用意した高級仕様ではなく一般用の応接セットを出す。

ただし、敷物(しきもの)などはきちんとしているので、あまり違いは感じない。充分に高級感のあるものだ。儀式場の前の通路は、中に入れない騎士達が儀式中に待機するので、かなり広く取られているのだ。

出した応接セットのテーブルの上にお茶とお菓子を広げる。

「どうぞ。こっちでお話ししましょう」

「……はい……」

三人の文官は少しフラフラとしながらやって来て、勧めたソファーに身を預けた。

《これ……隠してあった……探してたやつ》

文官達の向かいのソファーには、コウヤが座り、その隣には当たり前のようにルディエが座った。オスロリーリェはルディエとは反対側の床に座り込み、コウヤの足にもたれながら冊子を二つ差し出した。

それは、シトアル侯爵家の裏帳簿(うらちょうぼ)と一つの日記。ビジェによって回収されることになっていたものだ。儀式場内ではなく、外の壁に隠された窪(くぼ)みがあり、そこにあったらしい。

日記はどうやらカトレアの母親のもののようだ。

　コウヤはそれらを騎士に手渡す。

「これを陛下に持って行ってください。俺達はここにしばらくいるので」

「分かりました。帰りは先ほどのルートを通ってみます」

　一人でも通れるように練習するらしい。どこまでも勤勉（きんべん）な騎士だ。そうして、騎士がいなくなったことで、文官達は体の力を抜いていた。緊張していたらしい。普段馴染みのない騎士という存在に萎縮（いしゅく）していたのだ。

　ルディエが目敏（めざと）くそれを指摘する。

「兄さん、わざとあいつを外したね？」

「あの人も分かってたよ」

　騎士も、文官達が自分の存在を怖がっていることに気付いていた。一息をつかせるためにも、と離れてくれたのだ。コウヤやルディエを置いて行ったところで、誰もどうにもできないため問題はない。

「さて、挨拶がまだでしたね。コウヤといいます。ユースールで冒険者ギルドの職員をしていまして、冒険者として活動されるアルキス様やジルファス様と懇意（こんい）にさせていただいております。今日は育ての親である司教のお供で、ご挨拶に伺っていたのです」

「私はニールと申します。宰相付きの書記官の一人です。その、オスロー様とはどういった……」

　三人の文官達の年齢は三十半ばから四十といったところだろうか。ニールはその中で真っ直ぐにコウヤを見ることができていた。

「その前に、皆さんはオスローのこと、人ではないと分かっているんですよね？」

「はい……妖精様ですよね？」

「ええ。この王都の守護妖精です。俺は同じように他の土地にいる守護妖精とも知り合いでして、その繋がりもあって友人のような関係になっています」

「なるほど……」

　オスロリーリェがコウヤを慕っている様子は、今の状態を見ても分かる。ニールはそれならばと安心したようだ。

　コウヤは紅茶を勧める。

「どうぞ。皆さんには少し甘く感じるかもしれませんが」

「ありがとうございます……っ、美味しい……」

「甘い……」

「っ……ふぅ……」

　先ほどよりもいい感じに肩の力が抜けているようだ。それを見ながらコウヤは、甘酸っぱい焼きリンゴを切り分けて差し出した。当然、ルディエとオスロリーリェにも渡す。

「お食事は取られましたか？　良ければこちらもどうぞ」

文官達の顔色が悪いのが気になっていた。食事もあまり取れていないのだろう。焼きリンゴを一口かじるまでの躊躇い方を見れば分かった。

だが、一口食べれば次も手が出る。味は生のリンゴの方が良いが、匂いは焼きリンゴの方が良い。それに柔らかくなっていて食べやすいだろう。すぐに一切れ食べてしまうと、またお茶を啜ってようやく一息ついていた。

そして、文官達の話が始まった。

宰相には書記官が三人いるらしい。ニールはふた月前に任命されたばかりだという。

「お恥ずかしながら、書記官の一人に不正がありまして……」

宰相の書記官は不正の精査にあたるべき者であるため、そのままにすると問題が生じると判断し、早々に交代させたのだろう。

「そうでしたか。ですが、宰相様の書記官とは大変ですね……」

「いえ……ただ引き継ぎもままならず、仕事に忙殺されまして……休憩も兼ねてオスロー様への報告と、こちらで元同僚達と度々交流をしに来ていたのです……」

見回りもほとんど来ないため、彼らはここを休憩室代わりにしていたようだ。

「このお城には休憩室はないいんですか？」

「貴族の身分を持った方々は、それぞれに愛用される部屋もあるのですが、私達のような庶子や貴族位を持たない推薦組には使えません」

文官や武官は、貴族の令息や庶子が多い。だが、少数ではあるが、庶民の採用もしており、能力を見出されて領主の推薦をもらって入ってくる者もいた。それが彼らだ。

今の彼らの様子から分かるように、代表として話すニール以外の二人は口を開こうとしない。ひたすら背を丸めて無言を貫いている。そうしなければここではやっていけないのだろう。

そんな彼らも身を守るため、孤立しないために陰でこうして交流を持っているということだ。

「お疲れになるはずですね」

オスロリーリェに渡された告発書にも似た報告書には、呪いの言葉のようなものもあった。病んで当然だ。ここまでのコウヤの態度や話し方で少し安心したらしい二人は、コウヤをしっかりと観察した後、ようやく口を開いた。

「あの……コウヤ殿はユースールの方と伺いましたが……その……っ」

「今回の一斉摘発についてご存じでしょうかっ」

二人の文官は目配せし合いながら尋ねてきた。コウヤが答える前にオスロリーリェが顔を上げる。

《この人達……調査に協力……してた……だから……まとめたやつ……見てる》

「あの告発書の裏取りした人ってこと？　そっか……すみません。お疲れになったのはそのせいもあるんですね。裏取りもしやすいようにはまとめたつもりだったんですけど」

恐らく今回の精査には、彼らのような調査の対象にならない者を充てたのだろう。それも、日頃から貴族に不満を持ちながらも耐えてきた者達を。

ニールは目を見開き、身を乗り出した。

「っ、で、では、あの告発書の調査書類をまとめたのは、まさか……っ」

「あ～、宰相様の書記官ですもんね。直に見ていますか……はい。俺がまとめました」

ニールの抱えることになった大きな仕事というのが、この精査をまとめる仕事だったのだろう。

「っ、あのようなまとめ方！　とても見やすく、宰相閣下も内容よりも先にそれに感激されたと聞いています！　公式書類の書き方も現在見直しが検討されているくらいです！」

「……え……」

確かに、この世界での書類は読みにくい。形式というものが特にないらしく、人によってまとめ方が違った。これにより、非常に読み辛い書類と読みやすい書類が混在していた。

コウヤがユースールの冒険者ギルドに入って最初にやったのがこの書類形式の統一だった。あの告発書も、当たり前のように誰もに見やすい書式を使っていた。

「要点もきちんと分かりやすいですし、項目で一目瞭然(いちもくりょうぜん)！　あれでなければまだ今現在、私達は仕事に忙殺されておりました！」

「そ、そうでしたか……」

コウヤは仕事を与えた張本人でもあるのだが、そこは見逃してもらえているのだろうか。ニールが興奮する横で、左右にいる文官の二人も興奮気味に、目を輝かせながらコウヤを見つめていた。

ちょっとこの目は昨日も見たような気がする。そして、彼らはコウヤを拝み始めた。疲れ過ぎていて精神がおかしくなってしまったのだろうかと心配になる。

「「っ、尊敬します!!　コウヤ様と呼ばせてください!!」」

「私も是非！」

「え～っと……いや、あの……俺はまだ成人前の子どもでして……」

「「年齢など関係ありません!!」」

「はい……すみません……」

圧が凄かった。

「コウヤ様のお陰で仕事が楽しいのです！」

「昨日も静かで、今日なんて誰も邪魔しないんです！」

「楽し過ぎて昨日からぶっ続けで仕事してしまいました!!」

今なんと言っただろうか、とコウヤは耳を疑った。

昨日は貴族達が大混乱したはずだ。関係のない彼らはさぞかし集中できただろう。そして、今日。昨日の内に王へ渡していた彼らの調査書の確認で、また尋問が行われている。彼らの邪魔に思っていた者達が対象なので、今日も誰も邪魔しなかったというわけだ。

「あ……お疲れの理由って……」

「「もう止まらないんですよ」」

《……おバカさん……》

「完全に仕事中毒者じゃん」

オスロリーリェとルディエが心底呆れていた。彼らは自業自得だった。だが、コウヤは違った。

「分かりますっ」

「兄さん……」

《……》

呆れた目がこちらを向いた。あえてそちらは目の端に置いたままに、コウヤは文官達に告げる。

「進む時に進ませて悪いはずがないです！　それに、楽しいと時間を忘れてしまいますよね！」

「「そうなんです!!」」

「仕事が楽しいって幸せです。疲れなんて吹っ飛んでいくらでもできる気がするんですよ！」

「「分かります!!」」

同意されてコウヤも嬉しいし、文官達も嬉しそうだ。これは仕事中毒者にしか分からない。

「しまった……兄さんも仕事中毒者だった……それも末期……」

《不治の病……？》

「違う、治す気がないんだ」

《治療拒否……厄介……》

オスロリーリェとルディエがコソコソとコウヤを挟んで言い合っているが気にしない。

『仕事中毒の何が悪い！』、これがまさに末期の人の言い分だと気付いていないコウヤだ。

「コウヤ様！　いいえっ、師匠と呼ばせてください！」

「え……いや、それは恐れ多いというか……」

様呼びの方がまだ良いかなと思ってしまった。

「師匠っ……師匠……先生ではなく師匠っ、いいじゃないですか！　それに何より、私達には先生はいても師匠と呼べる人はこれまでいませんでした！　呼んでみたい！」

「呼びたいだけじゃないですか？」

テンションおかしくなってますしねと、話半分で聞くことにした。

「何を仰います！　師匠！　師匠と呼べる人が現れるなんてっ……師匠！　よろしくお願いします！」

「あ、もう固定された？」

連呼が凄い。でも大丈夫だ。今日はテンションがおかしいからだ。きっと次に会ったら忘れているだろう、とコウヤは己に言い聞かせる。彼はこういうところを楽観視しがちだ。今正さなかったことを後で後悔する未来は見えていた。

だが、気付いているルディエは指摘しない。少し反省して欲しいと思っているのだ。

「今度、ユースールに研修に行かせてもらえるように掛け合ってみます」

笑顔でニールがそう提案すると、他の二人も同意する。

「それ良い！　絶対行く！」

「ダメでも休暇取って行く！」

「「師匠！　良いですよね⁉」」

「それは俺の裁量ではちょっと……許可が出れば……？」

「「承知しました！」」

これはあれだ。昨日もあったなと、ここでも思う。だが、師匠呼びを許してしまったという致命的なミスには最後まで気付かなかった。

ニール達のテンションがおかしいのは明らかだ。これまで彼らは『終わらないっ、終わらないっ』と追われながら仕事をこなしてきた。そうして、無理やり起きて何徹もしてきたのだろう。その精神的な重圧、ストレスに耐えてきた彼らは、打って変わって今回『おおっ、進む、進む、進むぅぅぅっ』という状態になっている。

『起きてやらなきゃ……』という気持ちから一転して『寝るなんてもったいない！』になったのだ。精神は異常なくらい高揚し、疲れていることにすら気付かない状態だった。

「皆さん、ちょっと眠った方が良いですよ？　休憩はどれくらい取れますか？」

「え……私は休まなかったのを宰相閣下に指摘されまして、今日は帰るようにと……」

「私は上司の尋問と調査で……三時間は帰ってくるなと言われてしまいました」

「私もです」

そして、空いた時間でオスロリーリェに会いに来たというわけだ。自分達の調査書類が上に渡ったかどうかも確認したかったらしい。ついでに少々話をしたら、その辺で転がって仮眠をとも考えていたとか。

「オスロー様が見えなくしてくださるので、この辺で寝転がって仮眠を取るのにもいいんです」

「ここ静かだし……」

「温度も快適だからな」

確かに適温だ。地下にあるので涼しいが、それほど気にならない。よく見ると、通路の端の大きな柱の影に、敷物らしきものが丸めて立てかけられていた。それを敷いて寝るようだ。

「ここでそのまま転がるんですか？　ここ暗いですし……見回りはあまり来ないとはいえ……」

コウヤは思わず眉を寄せてしまう。結構大胆だ。それに、決して床が綺麗だとは言えない。来たとしても、普段見回りしか来ないのだ。掃除をする人も来ないだろう。

「う～ん。それなら……ん？」

不意にコウヤは儀式場の扉を通り過ぎた先、行き止まりになっている部分に目を向ける。そして、おもむろに立ち上がると、敷物の隠してある大きな柱の隣に向かう。

「兄さん？」

《……あ……そこ……》

ルディエとオスロリーリェの声を背中で聞きながらその前に立つ。

「っ、そこにはその……隠し部屋があると言われているのです。ただ、開けられるのは……」

ニールがなにやら歯切れ悪く教えてくれるが、隠し部屋と聞いた時には、コウヤはそれに触れていた。

紋章のように見える魔法陣だ。悪いものには見えなかった。触れても特定の魔力波動を持った者にしか反応しないだろうことも分かっていた。なので、一応、確認する意味でも触れたのだが、正しくコウヤの魔力に反応したのだ。鍵は王家の血を引く者だった。

「あれ？」

「え……っ」

ニール達が目を見開きながら駆け寄ってくる。彼らの間を縫って前に出たオスロリーリエは頷く。

《結構広い……良い……部屋》

「これは気付かなかった……」

ルディエが密かにショックを受けていた。

「うん。大きさも充分だね。ベッドを置いても問題なさそう。ちょっと皆さん待っててくださいね。すぐにリフォームしちゃいますから」

「「え……」」

「手伝わなくてもいいの？」

「いいよ。すぐ済ませるからね。あっ、これお弁当。食べてて」

手渡したのは、二段のお重だ。それなりの重さなので、ニールに渡す。オスロリーリエがその下から見上げて目を輝かせていた。

「じゃあ、食べて待っててね」

一人になったコウヤは、部屋に溜まった埃を消す。窓がないので、壁の色を変えることにする。石の黒っぽい色から空の色に。床は緑だ。掃除がしやすいように、なんちゃってリノリウム床にした。趣味で作って死蔵されていたL字型に作ったおしゃれな二段ベッドを三つ置き、壁際に一人用の机と椅子を三セット配置。後は壁に時計を取り付けて終了だ。

「これくらいにしておこうかな。後は、文官さん達の好きにしてもらえばいいしね」

コウヤ自身の部屋ならばまだまだ色々と置くかもしれないが、休憩室兼仮眠室なのだ。これ以上は不要だろう。そこに、何か先ほどから気になっているらしいニールが覗きに来た。

「あの……えっ⁉　こ、これは……っ」

部屋の中を見て絶句した。

「これで、皆さんの休憩室が出来ましたよ！　あ、目覚まし時計もサービスしときます！」

「コ、コウヤ様は空間魔法が使えるのですね……このようなものまで……っ」

空間魔法は難しいと言われているが、その難易度は空間魔法使いにしか分からない。こうした収納魔法も使えることは知られているのだが、その容量は人によって違いがある。それが大きいのだなという感覚しかニールには伝わらなかったようだ。

「ちょっと死蔵してたやつで申し訳ないですけどね。これでまた色々入れられるので助かります」

容量についてはこれで誤魔化せたはずだ。

「あとは、ここに入る制限を書き換(か)えればいいですね」

「あ……そ、それ……」

コウヤは、入り口の魔法陣に任意の者が登録できるように書き換える。

「オスローが認めた者ってことにしておきますね」

初めはオスローが開け、中に用意した魔法陣の登録用の魔導具に触れてもらうのだ。

「ここは本来、逃げ込むための場所ですし、オスローが許可した者しか入れないようにしておけば、この部屋の存在が誰かにバレて脅(おど)されても、押し入られることはないでしょう」

「そうですね……逃げ込むための……ありがとうございます。これで、安心して仕事ができます」

「あまり快適にし過ぎないでくださいよ？　ここに入り浸(びた)ってはダメですから」

「はい」

ニールは笑っていた。精神的にも、絶対的に安全で、逃げ込める場所があるというのは良いことだろう。仕事にも集中できる。

部屋を出ようとすると、そこでニールが声をかけてきた。その目は一度、魔法陣に注がれる。

「コウヤ様……コウヤ様は王家の血を引いておられるのですか？」

真っ直ぐに向けられた瞳には、真剣な色が見えた。

コウヤはどうしてその答えにたどり着いたのかと考え、少し焦る。

「っ、どうして……？」

「その扉を開けられたからです」

この部屋は王家の者が籠城するに当たり、最終的に逃げ込むための部屋の一つだった。奥には、城の外に逃げるための脱出路もある。こうした部屋は他にもあるので、ここが使えなくなっても構わないはずだ。もし、使うことになったとしても、オスロリーリェが許可できれば問題がないように術式はいじった。

「……それを知っているのはニールさんだけですか？」

「そのようです。私がここの魔法陣に気付いて、その時にオスロー様に確認しました」

「そうでしたか……ニールさんはそれを聞いて大丈夫ですか？」

「はい。口外いたしません。ただ、知らなかったことで後悔するのが一番嫌なので」

「なるほど」

覚悟は本物だと感じられた。

「確かに……俺はジルファス様の血を引いています。これを陛下達はご存じですが、どこまで周知させるかは確認していません。あなたの胸の内に留めておけますか？」

「もちろんです。コウヤ様はこちらに……王家に入られることは……？」

ジルファスが次期王となることは決まっている。国民への布告はまだだが、宰相の書記官である彼が知らないはずはない。コウヤがわざわざジルファスの血を引いていると口にしたのも、他の勢力の血筋ではないと示すためだ。

「ないと思いますよ？　俺も今はユースールを離れる気はないですし」

「そうですか……」

一応は納得してくれたらしい。だが、ホッとしていたコウヤの前で、突然ニールが片膝をついた。それは文官としては美し過ぎる礼だった。

「へ？」

コウヤが目を見開いていると、ニールは胸に手を当てて真っ直ぐに見つめながら口を開いた。

「コウヤ様。私はかつてこの国で騎士として名を馳せた一族の末裔です。一族は失脚しましたが、騎士としての誇りを保つため、こうして実力を付けてこの国に仕えてきました」

地位を失っても、彼の一族のやるべきことは変わらなかったようだ。

「一族の者は、人生で一人、心から忠誠を誓いたいと思える方を探します。それが、騎士の一族としての矜持です。私は今日、そんな方に出会いました」

まさかと思った。だが、真っ直ぐに、真摯に向けられる視線から目が離せない。彼は心から、迷いなくコウヤを求めていることが分かる。

「コウヤ様。我が君。私に生涯の忠誠を誓わせていただきたい」

ニールは静かに目を伏せ、頭を下げた。

「……ニールさん……俺はただのギルド職員ですよ？　王家に入る気も全くないです」

「あなたが何であっても変わりません。この忠誠はあなたの役職ではなく、あなた自身に向けているのです。王家の血を引いているから決めたわけではありません」

頭を上げることなく告げるニール。そこから動く気配もない。これはお手上げだ。

「ただ許すと仰っていただければいい。私の思う忠誠は、返す必要のない一方的な誓いですから」

「……」

彼の思いに、偽(いつわ)りがないことは分かっている。だが、だからこそ、ただ忠誠を誓えるだけで良いと言い切れるその純真(じゅんしん)な思いに、どう応じるべきか迷う。簡単に良いと言っていいものではない。コウヤはしばらく考え、そして、苦笑した。結局、受け入れればいいだけの話だ。

「今のお仕事を辞められたら困りますからね？　こんな俺なんかで良いなら……許します」

「っ、我が唯一の主に心からの忠誠を。あなたの望むことを現実にし、望まぬことを打ち払い、愛する方をお守りいたします」

「うん……ニールさん、これからよろしくお願いします」

「はい！　どうか、ニールとお呼びください」

これをルディエが呆れた様子で聞いていたことに、コウヤが気付くことはなかった。

特筆事項⑨　ようやく再会できました。

ニール達と別れたコウヤとルディエは、戻ってきた騎士と一緒にテルザの元に向かっていた。その間、ルディエが不機嫌そうに報告する。

「あの宰相の書記官だけど、その辺の武官より強いよ」

「え？　あ、もしかして騎士の家系だから？　っていうかルー君、もしかして聞いてた？」

「聞いてた……ごめんなさい」

「ううん、いいよ。ちょっとびっくりしたけど、あの人悪い人じゃないでしょ？」

ルディエが黙って邪魔せずに聞いていたところを見ると、コウヤにとって悪い人ではないのだろう。

「まあね。僕が知ってたのは、文官なのに武官より強い人ってのが気になっただけだし」

「へえ。ルー君がそこまで気になるってことは、本当に強い？」

「うん。こいつより上」

「へ!?　きょ、教官殿!?　えっと、何か……」

二人でしか聞こえないように話していたので、前を行く騎士は突然指を差されて慌てていた。

「もっと精進しろってこと」

「っ、はい!! ど、努力いたします！」

彼らは結構強い方だ。冒険者でいけばBランクの実力。それよりも強いというのは、あのニールの様子からは分からなかった。

「あれで文官って詐欺だよ。兄さんみたい」

「ん？ それって、俺が詐欺してるってこと？」

「実力詐称ってこと……あ？ なんかあったみたいだね」

目を向けた先で、テルザが数人の薬師と共に走って行くのが見えた。

「なんだろう。なんだか忙しそうだし、もう少し後にしようか」

そう口にする間にも、騎士達まで走っていく。

「コウヤ様、教官殿、何があったか聞いて参ります」

「必要ない……何だった？」

ルディエは後ろへ視線を投げて確認する。すると、そこに白夜部隊の男性が一人、控えていた。

「え……あっ、し、神官様!?」

　どこから現れたのか分からなかったのだろう。一体いつ王宮にと思わずにはいられないはずだ。なので、ルディエが報告を受けている間、コウヤが騎士に説明しておく。

「すみません。あの人達はいつでもどこでも忍び込み放題なので」

「そ、そうでしたか……」

　微妙に説明になっていなかったが、騎士は納得するしかない。全く気配も何もない上に侵入した痕跡すら彼らは残さないのだ。太刀打ちできない。

「王宮ですし、守っている皆さんには不快かもしれませんけど」

「あ、いえ……気付かないのは我々が未熟なせいですし……」

　素直に完敗だと諦めるようだ。そこに情報を聞き終えたルディエが告げる。

「気付かなければいないのと一緒でしょ」

「……はい……」

　気付かない＝そこには何も存在しない。それで心の平穏を保てという意味だ。『気付かなかったなら、いなかったものとして目を瞑っておけ』という意味合いもありそうだ。

「それで？　なんだったの？」

「第二王妃が地下牢にいる侯爵を殺そうとして、その後自殺しようとしたらしいよ。それと……昨日兄さんに懐いてた南の国の奴も、止めようとして怪我したって」

「っ、行かなきゃ！　案内してください」

「は、はい！」

人の気配で場所は分かるが、騎士が先導した方が、問題がないだろう。向かう先は地下牢だ。狭い階段を下へ降りようとした所で、口元を押さえて駆け上がってくる兵達とすれ違う。

そこでコウヤは僅かな薬の匂いに気付いて騎士を止める。

「っ、ちょっと待ってください！」

「え？　はい！」

素直に聞いてくれるので助かる。このまま行けば匂いにやられるだけだ。

「えっと確か……っ、あった！　これ、浄化の飴です。一つ舐めてください。それと、中にいる人と、あの辺で動けなくなっている人達に一つずつ舐めさせてもらえますか」

コウヤは亜空間に保存してあった飴の袋を二つ出す。一袋に五十粒は入っている。コウヤが指差した先では、兵達が顔を青くして座り込んでいた。

「わ、分かりましたっ」

「ルー君は聖結界張れるでしょ？」

「うん……この匂い、なに？」

「多分、『呪解薬』と『強酸薬』が混ざってる。『呪解薬』で侯爵にかけられた呪いを解こうとして、不完全な状態で『強酸薬』を使ったんだと思う。呪いの力が変に出てきてるんだ」

侯爵が受けていた呪いは、強力なものだ。並の薬師の調合した薬では解くことはできない。コウヤとルディエは自分達を聖結界で覆い、地下牢の中に進む。入るとすぐに薬師達の姿が見えた。

「テルザさん」

「っ、コ、コウヤさん……ここはっ……」

　薬師達も気分が悪そうだ。

「一度浄化します。これを一つずつ舐めてください。『浄化飴』です」

「っ、ありがとうございます」

　テルザ達の前には、壮年の男性が顔を半分爛れさせ、横臥している。彼が侯爵だろう。痛みに呻いている侯爵の反対側に座っていたのは、ビジェだった。彼は侯爵に自白を促すべく、重要参考人として城に滞在しており、丁度、侯爵と顔を合わせるところだったのだろう。彼の右手も赤く爛れていた。腕も骨折しているようだ。

「ビジェ！　その手っ、薬がかかったの？」

「ああ……マニあわなかったガ」

「先に骨折は治して……薬がかかった所は清水で洗って。テルザさん、残り使ってください。この薬の解毒薬は……出来そうですね」

「はい。お任せください。そちらは有難くいただきます」

一リットルほどの清水を渡す。呪いの対処は後だ。侯爵とビジェの爛れた皮膚はテルザ達に任せればいい。

問題は血の匂いをさせている者。コウヤも知る人物が、血の海に倒れていた。薬師達が止血しているが、薬は飲ませられそうにない。

「カトレアさん！」

「う……ぁ……っ」

出血が酷い。自身で首元を切ったのだろう。だが、コウヤならば助けられないことはない。その傍には、数人の騎士達が倒れている。足や腕を骨折しているようだ。脂汗を浮かべて呻いていた。

「兄さん、騎士達は僕が」

「うん。頼んだ」

コウヤはカトレアの傷を治癒魔法で治す。後は、増血剤を飲んでもらえば問題はないだろう。付いていた薬師に頼んだ。そこで、コウヤは不意に感じた気配へ、弾かれたように目を向ける。

「え……まさか、そこにいるのは……テンキ？」

《……ヌシさま……》

地下牢の奥。そこに闇に溶けるようにして潜んでいたのは、子猫サイズの狐だった。

コウヤはまだバタバタとしている人達をよそに、一人少し気配を薄くして動く。
「……テンキ、その色ってことは、怒ってるんだね？　落ち着けそう？」
《落ち着き……ます……》
徐々に、闇に解ける黒い色から白銀色に変わった。これがテンキの待機モードだ。すると、その小さな前足に、指輪のような魔導具がはめられていることに気付く。
「それ……封じの魔導具？　俺が傍にいるし……外れそうだね。自分でやる？」
《やりますっ》
テンキがそこに魔力を集めると、パリンと砕け散った。
《できた……ヌシさま……っ》
「うん。よく頑張ったね」
《うぅっ、申し訳ありませんヌシさまぁ》
テンキはコウヤの胸にポスっとくっ付く。フサフサの尻尾が揺れていた。
「ごめんね。こんなことになってるとは思わなかったから……」
テンキの気配が感じられなかったのは、封じの魔導具を付けられていたからだ。コウルリーヤが一度は消えたことで、繋がりも薄くなっており、本来の力が出せなくなっていたのもいけなかった。今の子猫サイズは、省エネモードなのだ。本来は成犬となった柴犬くらいの大きさになる。

「テンキ、また契約してくれる?」

《はいっ》

「ふふ……ただいま、テンキ。これからまたよろしくね」

《はいっ。今度こそ、ヌシさまをお守りします!》

テンキはコウヤの肩に乗る。そこが省エネモードの時の定位置の一つだ。因みに最も落ち着く定位置はパックンの上である。そうして、コウヤはルディエ達に合流する。

「兄さん……それ……」

「侯爵に呪いをかけたのがこの子。テンキ、あの人の呪いをもう一度安定させてくれる?」

《はい》

ピンとフサフサの尻尾を立てて侯爵に力を向けると、解けかけていた呪いが元に戻った。

「解かないんだ?」

ルディエの問いかけに、コウヤは苦笑する。

「今はね。毒薬とか仕込まれたら、せっかく助けた意味ないし。それに……彼、病気みたいだ。今までは治癒魔法で誤魔化してたみたいだね。陛下と相談してからどうするか決めるよ」

「そっか……まあ、ちょっと苦しめば良いんだ」

侯爵や倒れていた騎士達はテルザ達に頼み、コウヤはビジェに頼んでカトレアを運んでもらう。もちろん、カトレアの了承は取った。彼女の致命傷(ちめいしょう)は治したが、精神的な負担(ふたん)は大きいようだ。

「カトレアさん、もう大丈夫ですか?」

「ええ……その……ごめん……なさい……どうしても、お父様のことが許せなくて……っ」

声が震えていた。行き場のない怒りと、死を意識してしまった恐怖のためだろう。

「考えた上での行動でしょうが、自分の非を認めるのならば、生きて償ってください」

「……ごめんなさい……」

ルディエはあの場の浄化をしてからコウヤ達の元へ来ることになった。引き続き近衛騎士が先導し、コウヤはカトレアの部屋へ向かう。

カトレアの部屋の前には、コウヤの知らない騎士が二人。カトレアを見て驚きに目を瞠るのが見えた。そんな彼らを近衛騎士が怒鳴りつける。

「お前達！　監視対象を二度も外へ出すとはどういうことだ！」

「そっ、そんな！」

「っ、も、申し訳ありません！」

彼らはカトレアが抜け出したことに気付かなかったらしい。一度目はビジェの腕によるものだ。

「落ち着いてください。確かに、監視対象が部屋を抜け出したことに気付かなかったのは問題ですけど、今回は特に、特殊な魔導具をカトレアさんが使っていたようですから」

目を向けたのは、カトレアの右腕にはまっている腕輪だ。昨日はそんなものはなかった。『隠者の腕輪』という魔導具だ。使用回数制限があり、既に二度使われているらしい。今回で最後だった。

「探索スキルの【極】でも、ちょっと違和感を覚えるくらいの隠密と幻惑の力の強い魔導具です。気付かなくても仕方がありません。ルー君達くらいしか無理ですよ？」

「……それは無理ですね……今後はより一層精進するように！」

「「はっ！」」

近衛騎士が現実を見たことで、二人の処分は免れた。

「問題なのは、外の騎士の方々ではなくて、言いくるめられてしまった侍女さん達でしょうか。何より、さすがに扉を素通りするわけではありませんからね。誰かと一緒に出たはずです」

「っ、失礼する！」

扉を開け放ち、近衛騎士は一人部屋に足を踏み入れ、三歩ほど入った所で立ち止まった。

「まとめ役は誰か！」

「わたくしですが？　騎士様、女性の……それも第二王妃様のお部屋ですよ。先触れもなく開け放って入ってくるなど、何を考えておいでですか？」

「何を考えているのかと問いたいのはこちらだ！　部屋から決して出してはならぬと言われていたはずの者を、一度ならず二度までもなぜ出した！」

侍女頭はカトレアを確認しながらも冷めた様子で続けた。

「聞きたいのはこちらです。なぜ王妃様がこのような扱いを受けなくてはならないのですか？」

コウヤは部屋の隅で怯えた表情をして控えている三人の侍女達を観察する。その様子を見るに、彼女達はカトレアではなく、この侍女頭に言いくるめられていたのだろう。

ただし、カトレアが今回、父親を殺そうと思って部屋を抜け出したとは思ってもみないはずだ。

「罪を犯したからだ。本来ならば侯爵と同じように地下牢へ繋がれるところを、陛下の温情によりここに留まることを許されているのだ」

「それがおかしいのです……カトレア様は特別なお方です。かつての王の血を引く侯爵家の高貴な血をお持ちなのです。この国になくてはならないお方ですわ。多少の罪など許されて然るべきです。なぜそれが陛下にはお分かりにならないのか、理解に苦しみます」

「……お前は……本当にそう思っているのか！」

「当然です」

騎士は侍女頭を完全に理解不可能な者と認識した。

コウヤに助けを求めるように近衛騎士が振り向く。コウヤもこれはと苦笑するしかない。

「特殊な考えをお持ちのようですし、これは陛下かミラルファ様にお任せしましょう。そちらの侍女の方々。こちらへ来てください」

コウヤは怯えてしまっている若い侍女達を安心させるように笑みを見せて手招く。

「大丈夫です。あなた方に危害は加えさせません。今後一切、絶対にです」

「「っ……はい……」」

恐る恐るではあるが、ゆっくりと彼女達はコウヤの傍まで来た。すると、当然だが侍女頭がコウヤに目を向ける。子どもということもあり、コウヤを小間使いだと思ったのだろう。

「あなた……返事以外で口を開くとは……誰に仕えているのですか?」

高圧的な態度に、侍女達は自分達に向けられたものでもないのに震えていた。日頃からかなり威圧されていたのだろう。コウヤは侍女頭の言葉を無視する形で先に指示を出す。

「ビジェ、カトレアさんと侍女さん達を陛下達の所へ。サーナさん、先導をお願いしますね」

「はい」

扉の所に、こういう事態を想定してか、サーナが来ていた。本当に神出鬼没だ。

「さあ、あなた方もついて行ってください」

「「っ、承知しました」」

侍女達は逃げ出すようにサーナとビジェについて部屋を出て行った。

「勝手なことを……言いなさい。どなたに仕えているのです？」

「俺は誰にも仕えていませんよ。あなたは少々、カトレアさんに悪影響を及ぼしていたようですからね。離させていただきます。詳しいお話は後ほどお伺いすることになるでしょう」

「無礼にもほどがあります！」

ようやく声を荒立てたなとコウヤは目を細めた。

「そのお言葉、あなたに返ってくるようなことをしていませんか？」

「ふざけないで！」

そこで侍女頭はコウヤに向けて風の魔法を発動させた。

「コウヤ様!!」

近衛騎士が焦る。しかし、コウヤは鋭い風の矢が向かってくるのを他人事のように感じて平然としていた。避ける必要はない。それはコウヤの目前でかき消えた。

「え……」

侍女頭が間抜けな声を出す。

「これでもユースールでは荒事担当ですからね。最低限、この部屋を吹き飛ばすくらいの威力の攻撃魔法でないと手も使いませんよ」

「さすがはコウヤ様ですっ」

感心、感動する近衛騎士とは違い、侍女頭は呆然とただ立ち尽くしていた。王宮内では、強力な攻撃魔法は使えないように、あちこちにある魔導具によって制限されている。しかし、侍女頭の放った攻撃魔法は、明らかにその制限を超えるものだった。

「増幅（ぞうふく）の魔導具をつけていますね？　それは王宮では使ってはならないはずですよ？」

それを理由もなくつけていれば罪に問われる。知られたことで侍女頭の瞳には焦りの色が見えた。

「この部屋にはそういった禁止された魔導具が沢山ありそうです。騎士さん、彼女を別室に。部屋の中での監視もしてください。女性としての対応よりも、罪を犯した者としての対応を」

「っ、承知しました！」

「なっ、何をするのです！　私を誰だと！　このっ」

侍女頭は、コウヤに向けて身につけていた魔導具を発動させるが、それは広範囲に影響を与えるものだった。コウヤは平然としていたが、騎士達は何かに押し潰されるように床に転がる。だが、それも数秒だ。

《無礼者が！》

「っ⁉」

コウヤの肩から飛び降りたテンキは、床に着地する前に、その大きさと姿を変えていた。

「っ、フェ、フェンリル⁉」

近衛騎士が叫ぶ声は、悲鳴に近かった。

『天騎(てんき)』。

天の騎士という意味で名付けた。神であるコウルリーヤを守る騎士であり、騎獣(きじゅう)でありたいと願ったからだ。テンキは成長に応じ、主人のために様々な姿に変身する。力が全て戻っていない現在は、省エネモードの姿を含めて五つだ。

コウヤを攻撃されて怒ったテンキは、尻尾に込められている魔力を解放して変身した。柴犬サイズの『天狼(フェンリル)』モードで着地すると、侍女頭から放たれた風の魔法を首の一振りで打ち消す。

「ひっ」

《誰に手を上げている！》

怒鳴りつけたテンキは、その怒りの大きさを表すように、柴犬サイズから更にふた回り大きくなる。そして、容赦なく侍女頭を押し倒した。

「っ……ぁっ……ひっ」

《逃げることは許さない》

「え……ぁ……っ！　手、手がっ、足がっ……っ!?」

テンキがひと睨みすると、侍女頭の腕や足から力が抜けた。それを確認して、テンキは侍女頭の上から退き、適当に横腹辺りの服をくわえて部屋の外へ放り投げる。

驚いたのは、部屋の外で固まっていた二人の騎士と近衛騎士だ。

「「へっ⁉」」

「いやぁぁぁっ！」

侍女頭は悲鳴を上げながら、ゴミのように放り投げられて二人の騎士の前に転がった。

《手足は封じた。連れて行くがいい》

騎士達は目を見開いて、転がる侍女頭を見る。彼女は動かなくなった手と足に怯えながら、頭や目をしきりに動かしていた。これにコウヤは平然と騎士達に告げる。

「地下牢はまだ落ち着かないと思いますから、その辺の部屋にお願いします」

「……そ、その……コウヤ様……彼女の手足はずっと動かないのですか？」

近衛騎士はコウヤの特殊性を知っているので、動揺しながらも復活は早かった。

「テンキが許さない限りは戻りません」

「……そうですか。了解しました」

近くのメイド達の控え室に侍女頭を放り込み、扉は開けたまま、近衛騎士は二人の騎士に見張りを任せた。

「お前達はこのまま監視をしていろ」

「「っ、はっ！」」

怯えたように目が泳いでいたが、問題ないだろう。そこに、ルディエがやって来る。ルディエは部屋の中に無様に転がる侍女頭をちらりと確認してから歩み寄ってきた。

「あいつ、兄さんに突っかかってきた?」

「そういう人だって知ってたんだ?」

「うん……ウザい感じで、その内消すつもりだった」

「元は取らなきゃ。消したらこの人に迷惑かけられて損した分、そのままになっちゃう」

「覚えとく」

「……」

近衛騎士は耳を塞いでいた。コウヤとしては、きっちり脅しつけた後、何をしていたかを調べておきたい。不利益を被っていた者がいるならば、謝罪と慰謝料を用意させる。反省を促すためと、慰謝料を払わせるために、馬車馬のように働かせるというのがコウヤ流だ。

《ヌシさま。魔導具は無効化しておきました》

部屋を見回っていたテンキは、省エネ狐モードに切り替えると、コウヤの肩に飛び乗って報告する。

「ありがとう。助かるよ」

礼を言って撫でながらコウヤは近衛騎士へ頼む。

「魔導具は、テンキが停止させました。魔法師の方に来ていただいて、回収してもらってください」

「っ、分かりました」

「俺達は陛下の所に戻っていますね」

テルザもあの様子ならば大丈夫だろう。セイのことで動揺していたと聞いたが、仕事に支障が出ているようには見えなかった。寧ろ、仕事をしている間の方が問題なさそうだ。

「兄さん、地下牢であったことなんだけど……その……」

テンキに目を向けてルディエが言い淀む様子に、コウヤは察した。

「あ～……ビジェの骨折はテンキがやったんだよね？　あと、兵の人達も」

《それが誰かは知りませんが、兵士らしき者が、私に首輪を付けようとしましたので》

「うん。怒ってたもんね。正当防衛だよ」

骨折するなどして倒れていた兵達は、テンキにやられたようだった。

「それにしても、なんでテンキがあそこに？」

《数年ほど前のことです。迷宮にて回復を図っていた時に、あの腕輪を……どうやら、私の力を欲していたようです。従魔にしたかったのでしょう。か弱い女だと思い、油断しました……》

「女の人？　迷宮に来たってことだよね？　テンキが休むなら結構な難度で下の方……」

テンキは無防備にどこでも構わず休みはしないはずだ。難度が高い深部を選ぶだろう。

そこに女性が、それもか弱いと思えるような者が来たというのが気になった。

「その女の人、ここにいる？」
《居りません。女は私に魔導具を付けてすぐにこと切れました。お陰で完全な封じとはならず、【制限】の力は振るえました。その夫の指示で、ここへ連れて来られたのです。遺体となった女は、その場に放置されたようで……あのような場所に、ドレスを纏った者が来るとは……》
　ドレスを着ていたというならば『か弱い女』という印象を持つのも頷ける。その上、瀕死の状態で近付いて来たなら尚更だ。
《二度と騙されないようにと警戒しているところに、あの女の血を引く者が、武器を持ってあの場にやって来たので、少々力が入ってしまいました……ヌシさまが名を呼ばれるくらいです。ビジェという者には申し訳ないことをいたしました》
「怪我は治したし大丈夫だよ。ん？　血を引く者……？」
《はい。運んでおられたでしょう。自害をしようとした女です。恐らく娘でしょう》
「……カトレアさんのお母さん？」
　迷宮で死んだというのは、カトレアの母親らしい。確信が欲しくて、ルディエに目を向ける。
「侯爵夫人は、領内の視察時に魔獣に襲われて亡くなったということになってるけど、実際には隣国の『漆黒の迷宮』の中層で亡くなってる。その頃に噂になってた『白銀の幸運を運ぶ獣』が多分……」

「テンキのことだね。幸運を運ぶなんて聞いたら、手に入れたくなるかも」

テンキは、目が覚めてから、力を付けようと時折迷宮を徘徊(はいかい)していたらしい。そこで、傷付いた冒険者達に道を教えてやったり、呪いを解いたりしていたという。それに侯爵は目を付けたのだろう。今日は最後の悪あがきで、首輪を使って完全に支配しようとしていたというわけだ。

《そのような噂が……申し訳ありません……》

「冒険者の人達を助けてたんでしょう？　俺は嬉しいよ？　俺、今は冒険者ギルドの職員なんだ」

重くなった空気を払拭(ふっしょく)しようと笑みを見せる。

《働いておられるのですか？》

「うん。ここじゃなくて辺境だけどね。良い人ばっかりなんだ。パックンやダンゴも楽しんでるよ」

《っ、まさか、私が最後ですか⁉》

「ごめんね？」

《いいえ！　遅くなり、申し訳ありませんでした》

そんな話をしていると、迎えが来た。アルキスだ。

「コウヤ、それはなんだ？　えらく可愛いのを連れてるが。ん？　どっかで……」

アルキスはコウヤの肩に乗る子狐姿のテンキをマジマジと見て首を捻る。

「俺の従魔です。パックンやダンゴと同じですよ。一時的に関係を解いて離れて暮らしていたんですが、どうも侯爵によって、ここの地下牢に連れて来られていたらしくて」

「へえ……あっ！　思い出した！　『白銀の導』だろ！　漆黒にいた！」

色々と呼び名があるようだ。

《あなたは……思い出しました。アルですね……相変わらず落ち着きなさそうです……》

「おうっ！　ってか、やっぱ喋れんじゃん!!」

《喋れないと言った覚えはないです》

「仲間にめっちゃバカにされたぞ！」

《楽しそうでしたね（笑）》

「今変な言い方したろ！」

今もとっても楽しそうだ。迷宮でテンキが道案内でもしたのだろうな、と微笑ましく見つめた。

王達のいる部屋に入ると、パックンとダンゴが駆け寄ってくる。テンキが嬉しそうに飛び降りた。

《テンキ遅い！ ٩(๑`^´๑)۶》

《迷宮にいるって噂も最近聞かなくて心配したでしゅ》

ダンゴは精霊としてのネットワークを持っている。数年前にテンキが『漆黒の迷宮』にいたというところから情報がなくなり、ダンゴも気になっていたのだ。ただ、簡単に討伐されるようなものではないので、そこまで心配はしていなかった。

《不本意にも、捕まっていたのです》

《テンキがでしゅか⁉》

《ワナにでもかかった？Σ(゜゜٥)》

《ある意味罠ですね。瀕死の女が仕掛けてくるとは思いませんでした。封じの魔導具がなければ、その場に居合わせた者を全て消滅させていましたよ》

《テンキならやるね(－＿－；)》

テンキは眷属の中でも最強だ。本気でテンキが暴れれば、一時間もせずに一国が消える。コウルリーヤが邪神として倒された時には、コウルリーヤの方が正気を失ってしまったことで繋がりが切れかけていた。

そのため、本来の力に制限がかけられてしまっていたので数ヶ国が消えただけで済んだが、その力は強い。コウルリーヤが消えたことで、眷属達は休眠モードに入った。目覚めたのは主がコウヤとして生まれてからだ。眠っている間に冷静にもなっている。そうでなければ、今頃この世界の半分は消えていただろう。

眷属達が楽しく話しているので、それは置いておいてコウヤはアビリス王達の所へ向かう。部屋にはシンリームも来ていた。ミラルファに叱られているカトレアを見て、オロオロと落ち着きなさそうにしている。アビリス王とジルファスもミラルファの剣幕に怯えているようだ。

「バカだバカだとは思っていましたけれど、ここまで大バカ者だったとは思いませんでしたよ！」

「も、申し訳……っ」

こうして叱ってくれる人がいるのだ。彼女ももう大丈夫だろう。セイもそう思ったようだ。

「さてと、そろそろお暇しようかねえ。ああそうだ。近々、新たな教会としてお披露目させてもらいます。後日、この王都の教会にも手を入れましょう。皆様に四神の加護があらんことを」

「ありがとう……感謝いたします」

アビリス王と共に、この場の全員がゆっくりと頭を下げる。

そして、コウヤとセイは王城を後にしたのだ。

特筆事項⑩　神が顕現しました。

ユースールに戻ったコウヤは、予想通りというか、セイ一人が若返ったことにベニとキイに狡いと騒がれた。とはいえ、コウヤも仕事があるため、ダンゴ達がベニ達を王都のテルザの邸宅まで運び、レナルカのタマゴの殻を使って聖域を強化、そこで神気を浴びてもらった。

昼頃には、ベニ達もユースールの教会に戻ってきていた。

「お帰り。っ、無事に何とかなったみたいだね……」

コウヤは中に入って少しだけ驚く。年齢も見た目もそっくりの三人の美女がそこにいた。

「ばばさま達。服を着替えてください。セイばあさまも司教用に新しく仕立てましたから」

「気がきくねえ」

セイは神官達と同じ制服を着ていたが、やはり大司教や司教は見て分かる方がいいだろう。

「ベニばあさまとキイばあさまも、それではサイズが合っていませんよ」

「おや。そうだったねえ」

「確かに少しキツイわ」

どこがとは言わない。だが、分かってはいるので、二人の祭服には下着を包んである。

着替え終わったベニ達は、見事なプロポーションを見せていた。頭に着けてもらう帽子は大きなミトラ帽子ではなく、女性らしい小さな紺色のカクテル帽だ。一見して教会関係者には見えない。明らかに上品な貴族の婦人といった見た目になった。白いレースの手袋も着けたからだろう。

「どうですか？」

尋ねれば、ベニ達は向き合って確認していた。ほとんど同じ顔や体格だ。鏡を見ているようなものだと思っているのだろう。別に問題はない。

「物凄く上品な出来だねえ。気に入ったよ」

キイとセイも頷くので、同じ意見らしい。辛うじて教会の者だと分かるのは、胸元に刺繍した四つの輪が四つ葉のクローバーの葉のように集まり、絡み合う絵柄。

大司教であるベニには金糸で、司教であるキイとセイには銀糸で描かれている。四つの輪は四柱の神を指す。それは四円柱と呼ばれ、十字架のような、教会の象徴的なものだった。

「それとこれ。持ち歩く方の四円柱ね」

「「おおっ！」」

金属で出来たその白銀色の四円柱は、首から下げるためのものだ。親指と人差し指で円を作ったくらいの大きさで、輪の部分はそれぞれ異なる細かい模様が入っており、手の込んだ逸品だった。

「なんと美しい！」

「やはり四円柱はバランスが良いわ」

「あの三円柱は重かったしねえ」

ベニ達は三柱を奉る神教国の神官だったため、今まで持っていたのは三つの輪の三円柱だったのだ。その辺の装飾品をプレゼントするよりも大変な喜びようの三人のばばさま達。コウヤはそれを満足げに見てから、控えているサーナを手招いた。

「持たない神官も多いのでうっかりしていたのですが、ばばさま達のより小ぶりで、品質も少しだけ落ちるけど……パックン」

コウヤはパックンを呼ぶ。

《なに？(๑'ω'๑)》

「預かってもらってるでしょ？　ルー君達用の四円柱」

《そうだった！　ちゃんと配る！(๑>◡<)》

ビョンっと跳ねてサーナの前に行くと、ポンッとそれを出した。

《ほいっ！♪(´θ`)ノ》

「っ、あ、ステキ……っ」

サーナは受け取った小さな四円柱にうっとりと見惚れる。小さくなっても、きちんとそれぞれの輪に模様が入っていた。コウヤの自信作だ。そして、白銀に輝く四円柱にふと目を瞬かせる。

「コウヤ様。この素材は……」

「ん？　プラチナです。綺麗でしょう？」

「っ……因みに、司教様方のは……」

プラチナは高価な装飾品に使われる。間違っても神官が持つようなものではなかった。その上、輝きが司教達のとは微妙に違う。だからこそコウヤの言った品質の違いが気になったらしい。

「ばばさま達のはオリハルコンです。ルー君にも同じので作ってあるんですよ。サイズはサーナさん達と一緒なんで、ちょっと小ぶりですけどね」

「っ、オリっ……き、聞かなかったことにいたします……」

もはや加工する技術さえ現代にはない。まずオリハルコンを見つけることすら困難なので技術がどうのと言う必要はないが、それでも価値は高い。

「だって、鉄とかだとやっぱり傷(いた)みますよね。握って離さないじゃないですか」

「そうですね……」

彼らはつい触(さわ)ってしまうのだ。大切に大切に、いつでもどこでも触れて神へ祈りを捧げる。そのため、ものによっては錆びてしまったり変色したりしてしまうのだ。

「オリハルコンももちろん、プラチナの方も指紋も付かないように加工してあります。汚れてもサッと拭くだけで綺麗になるんですよ。両方とも防護と治癒の魔法も付与してあるので、持っている者をしっかり守ってくれますしね！」

「……ありがとうございます。大切にいたします」

パックンに目を落とすサーナ。その中にどれだけ四円柱が入っているだろうかと考えると、目から光が消えていく。もちろん、収集癖の強いパックンが納得できるバカみたいな量が入っていた。

◆　◆　◆

この日。国にも認められた正式な教会としてのお披露目が行われる。そこで、神降ろしの儀式があり、冒険者達もその時間には教会へ向かおうと早めに帰還してきていた。

神降ろしの儀式がどういうものなのかも理解していない者ばかりだが、ユースールに住む者達は、ほとんどが教会に詰めかけるようだった。ここ数日の住民達の会話がこんな感じだ。

『司教様達がなんか儀式をするんだってよ』

『儀式っつうと、堅(かた)っ苦(くる)しい感じがするが、司教様達の晴れ舞台だと思えば行かないとな』

『聖魔教はここだけだろ？　どこの教会にも負けんくらい支持されてるってのを、見せつけんと』

このように、何が行われるのかも全く分かっていない。全てはベニ達の頑張りを見るため。そして、目的の半分は神官達だ。

『昨日、俺、サーナ様に微笑まれた。マジでそれだけで悩みとか吹っ飛ぶんだけど』

『あんたサーナお姉様に変なことしたらぶっ飛ばすわよっ』

『私この前、やっとあの方のお名前を教えてもらったのっ。どうしよう。口にしようとするだけで心臓止まりそうなんだけどっ』

『分かるっ。この前から、私の憧れの人は不在だし……この想いをどうすればっ、ジザ様ぁぁぁ』

『言ってんじゃんっ。ダメだよ。ちょっ、倒れたぁあっ！』

『大丈夫だ。めちゃくちゃ幸せそうな顔して気絶してる』

これが日常的に見られる光景なのだ。神官達の人気は高い。そう。神官達はアイドルだった。

「そういえばまだ、ばばさま達って、あの姿見せてないよね……」

集まった人々を眺(なが)めながら、コウヤは呟く。

今日の儀式で一番怖いのはそこかもしれない。そして、きっとベニ達の人気が今とは違う意味で一気に爆発すると、容易に予想できる。だが、考えるだけ無駄だとコウヤは思考を放棄した。そんな暇はない。ギルドでは今朝からドラム組が活動する時に似た賑わいを見せているのだ。

「おはようございますっ」

「あ、コウヤさん！　よ、よしっ。フランと後方支援に移ります！」

コウヤが窓口に向かうと、それまで窓口にいたマイルズとフランが立ち上がり、裏方作業に名乗りを上げる。これが最速業務の形態だ。気にせずコウヤは業務を始める。

「お次の方どうぞっ」

因みに、レナルカはゲンの薬屋で、テンキと王都から引き取ってきたビジェが見てくれている。一方、パックンとダンゴはというと、当然のように買取カウンターで業務をしていた。

《次どうぞー(^o^)/》

《鑑定表を持ってる人はこっちでしゅ！》

もう慣れたものだった。

それは、いよいよ儀式が始まるという一時間前。コウヤは、受付もかなり落ち着いてきたということで、事務作業に移っていた。少し離れた事務机では、処理に追われてへばってしまったマイルズ達が机に突っ伏しているが、良くあることなので気にしない。

そうして、余裕が出来たことで外からの話もよく聞こえてきた。このギルド内でも同じような声が上がっている。

誰もが教会へ行きたがっているのだ。最初は留守番すると言っていた人々も、せっかくだしと考えを改め始める。だが、教会に行ったところで全員は入れるはずがなく悩んでいたのだ。

「う～ん。どうにかできれば良いんだけど……」

冒険者達の声を聞き、住民達の共通の悩みを知ったコウヤは、なんとかしたいと思っていた。

「だからって、俺もそこまでの力は使えないしな……神官の人達も忙しいだろうし……」

準備をすれば魔導具でどうにかできたかもしれないと考えながらも仕事をこなしていたコウヤは、机の向こう側から、珍しい声が聞こえてきて目を向けた。

《コウヤお兄ちゃんが困ってる？　そんな時は相談してよ～。なんとかするよ～♪》

「へ？　あ、マリーちゃん？」

幼女の姿で、珍しく部屋から出てきたマリーファルニェは、机の縁に顎を乗せてニコニコと笑っていた。神降ろしの儀式ということで、彼女も落ち着かなかったのだろう。部屋とは呼べないあの空間に閉じこもってもいられなくなったようだ。そうして、どこか興奮した様子で宣言した。

《私！　守護妖精！　だからできるよっ。今日は天気も良いし、雲がいい感じに出てるからっ♪》

その場でクルリと回って手を上げての主張。それを聞いて、コウヤは思い当たった。

「あ、そっか」

その手があったと手を打った時には、マリーファルニェはユースール全体に力を発揮していた。

《『は～い。この地に住まう、み・な・さ～ん☆　もうすぐ儀式ですね～。そこで！　特別に儀式の様子を上空に映しちゃおうと思いま～す♪　お留守番する人達も見えますからね～♪　冒険者ギルドからのお・知・ら・せ・でした～』って感じでどう？　どう？》

腰に手を当て、胸を張って自信満々だ。これは褒められ待ちだろう。

「ふふっ。ありがとうマリーちゃん。とっても助かる」

《ふわぁっ！　ひ、久しぶりの微笑み！　よ～っし！　張り切っちゃうんだから～！》

そう言ってマリーファルニェは自分の部屋に戻って行った。あの場所が一番力を発揮しやすいため、準備に行ったのだろう。

耳を澄ませると、マリーファルニェを知っている冒険者達が反応し、突然の天からの声とも呼べるものに動揺する住民達に説明してくれていた。そのお陰で大きな混乱は起きていないようだ。ただし、違う意味で少々盛り上がってもいる。

『あれはマリーちゃんだよな？　それも幼女モードの時の声！』

『お、お前っ。幼女モードのマリーたんに会ったことあるのか⁉』

『あ、俺もあるっ。マジ天使なマリーたん！　でも、大人な感じで叱咤激励されんのもイイ！』

楽しそうなので、まあこれはいいかと、特に気にしないことにした。そこにテンキがやって来た。

《お疲れ様ですヌシさま。そろそろ、教会の方へ行かれますか？》

「そうだね。レナルカは大丈夫そう？」

《はい。ゲンさんやナチさん、ビジェと店の外で見るそうです。マリーは張り切っているようですね》

テンキは数日前からギルドの教官に任命されていた。そのため、マリーファルニェとは同僚だ。よく話もするらしく、守護妖精としては現代で一番の力を持っていると認めている。

《常々、マリーはヌシさまのお役に立ちたいと言っていましたので》

「そうだったの？　そっか……なら、終わったらきちんと改めてお礼を言おうかな」

《舞い上がってしまうと思いますよ》

テンキは楽しそうに笑った。その時の情景を想像したのだろう。同じ想いを持つからこそ、理解できた。いつだって、テンキはコウヤの役に立ちたいと思っているのだから。

《それでは、行きましょう》

「うん。パックンとダンゴを回収してからね」

買取カウンターでは、見事に捌き切ったと、職員が一緒に喜び合っていた。このユースールの冒険者達は優秀で勤勉だ。買取カウンターは常に忙しくなる。そのため、ちょっとおかしくなる職員が多かったのだが、パックンとダンゴが助っ人に入るようになってそんな職員も減った。

「いやぁ。パックンさんとダンゴさんが勤務の時は本当に助かりますよっ。これで、私達も落ち着いて儀式を見られそうです！」

パックンとダンゴがいなければ、未だに長い列が出来ていただろう。儀式までの時間に終われとクレームも入ったはずだ。儀式中は恐らく誰も来ないが、仮に空に映像が出たとしても、疲れて見ていられない状態だったかもしれない。それが分かっているからこその、心からの感謝だった。

《もうっ。水臭いでしゅねえ》

《同僚だろ？(￣^￣)》

「ぱ、パックンさんっ。ダンゴさんっ……一生ついて行きます！」

《いや、あんた上司……(゜Д゜)》

パックンもダンゴも、充分にこの職場に馴染んでいるようだった。

「パックン、ダンゴ。教会に行くよ」

《あっ、主さま！　はいでしゅ！》

《今日はもう店じまい(´ω`)》

パックンが跳ねて、コウヤの腰に引っかかる。その上にテンキが乗り、ダンゴが肩に飛び乗った。

「それでは、失礼します」

「はい！　お疲れ様であります！」

「敬礼……？」

《(^^)ゞ》

これはパックンのせいか。

振り返れば、ギルドを出て行くコウヤに、ギルド職員達が皆、敬礼していた。

テンキとダンゴまでもが敬礼しており、これはパックン達が発信源かと微妙な気持ちになったのは秘密だ。可愛いからまあいいかと気持ちを切り替えた。薬屋のカウンターにいたゲンとビジェに一言告げてから、コウヤはパックン達を引き連れ、教会に向かったのだ。

教会の前には、既に多くの人々が集まっていた。

「凄い人数だね……」

《マリーが力を貸してくれて良かったですね。あれだけの人数はとても中には入れません》

四分の一、下手をすると五分の一が辛うじて入れるくらいだろう。

《昔と違って、外ではないんでしゅね》

ダンゴ達は心底不思議そうだ。かつては外に祭壇（さいだん）を作り、儀式を行っていた。

「あの頃は、神官と領主とかだけで、こういう見物人はいなかったでしょ？　みんな必死だったし。『神は空から見ている』って信じられていたから、わざわざ外に祭壇を作ってたんだよ」

あの頃は世界が安定する前で、どこも必死だった。コウルリーヤ達神々も呼ばれる頻度（ひんど）が高く、頻繁（ひんぱん）に呼びかけに応えていた。即席の祭壇だって構わなかった。

だが、世界が安定すると、人々はわがままになった。ちょっとしたことでも神を頼ろうとする。それではいけないとゼストラークが決まりを作った。

一つ、聖域を作り出せるほどの努力を見せること。

二つ、神子か巫女と認められた者の呼びかけが必要なこと。

三つ、個の利益や目的でなく、純粋な想いの下に儀式を行うこと。

この三つが最低条件となったのだ。

「今は聖域を固定しやすい教会内で行うのが普通だね。俺は呼ばれることって少なかったけどっ」

明るく笑うコウヤに、眷属達は微妙な表情を浮かべる。

《ヌシさま……もう少しこう……いえ……》

《主さまは優し過ぎましゅよ……》

《ほんとそう……(´-`)》

コウヤは別に呼ばれなかったことに対し、特に思うところはない。『嫌われちゃってたしな～』くらいの軽い気持ちだ。だが、周りは違う。そこを未だに理解できないコウヤだ。

「さてと、何を手伝おうかな」

ルディエ達は、コウヤに近くで儀式を見て欲しくて呼んだが、『手伝って』とは言っていない。

『兄さん……儀式の時は祭壇の横の上にあるバルコニーに席を用意するから。本当は正面の領主と一緒にしようかと思ったんだけど、大司教達がエリス様達が緊張するからって……横でもいい？』

そう言うルディエに、どこでもいいよと笑ったのが昨日の夜だ。

「ルー君達も、気にしなくていいのに」

《……》

そういうわけにもいかないだろうと思いながらも、テンキ達はあえて口を閉ざした。

教会の中に入ると、どよめきが響いた。振動を感じるほどのものだ。外からも聞こえたことから、マリーファルニェの上映会も問題なさそうだと確認できた。

「あ、ばばさま達が出たかな」

そこで案内のためにジザルスが現れた。

「お待ちしておりましたコウヤ様。こちらへ」

案内されたそこは、合唱隊が並べるように作られたバルコニー。改装工事で増設されたのだ。その席の一つが、下からは見えないように暗幕で仕切られており、確かに特別に用意された席だった。

「これは、わざわざ申し訳ないですね」

ルディエ達が、コウヤがコウルリーヤの生まれ変わりだと分かっているというのも、この席が用意された理由の一つだ。

「民達に神々を見下ろさせるわけには参りませんので。今回ここにはコウヤ様しか入れません」

「ふふ。すみません」

階段が五段ある少し高くなった場所が祭壇で、その横幅は広い。祭壇へ向いて下から二段目に儀式用の服を着た神秘的な美女、ベニ達が間隔を空けて膝をつき、祈りの形を取る。

そして、四段目の中央に、神子としての服装に身を包んだルディエが膝をついていた。

「ルー君、いつもはあの服嫌がるけど、よく似合ってますね」

「はい。思わず膝をついてしまうほどに……」

誰も、普段コウヤの傍にいる愛想のない子どもだとは思わないだろう。今ルディエは、神に近しい者という近寄りがたい雰囲気を纏っている。

そして、ジザルスもその場で膝をつき、教会内にいる全ての神官達がなんの合図もなく、自然に祈りの形を取る。すると、聖堂に満ちていた光が次第に祭壇の上に集まって行く。光はそのまま留まり、淡く眩く光る。目を細めて見える程度の光量だ。

「懐かしい演出だなあ」

《確か、エリス様の発案でしたか》

《キラキラが嫌いな人はいないってやつでしゅね》

《ドヤ顔されたやつね(￣▽￣)》

ジザルスは真剣に祈っているため、コウヤ達の会話は聞こえていない。それをいいことに、彼らは呑気な会話を交わしていた。

これは、ゼストラークが呼び出しに応える最低条件を定めた時に決めた演出だった。三つになった光の塊はゆっくりと祭壇の上から前に移動する。そして、最後に光が弾けた。痛いほどの沈黙に満たされた後、ざわりと空気が動く。人々の驚きと感嘆が音になって聖堂内に響いたのだ。

　彼らの見上げる祭壇の最上段には三人の人物。中央に現れたのがゼストラーク。この世界での最高神だ。服装は着物のようにも見えるほど丈が長い。好んで身につけるのは黒に近い灰色だが、裾の方には銀糸で細かい刺繍が施されているので、とても上品なものだ。コウヤはそんな服が似合う落ち着いたゼストラークの雰囲気に憧れていた。

　その右隣にいるのが、戦いと死を司るリクトルス。武神でもある。一見優しげなお兄さんではあるが、どんな武器でも使いこなす武闘派だった。こちらは濃い緑の服を好んで着ている。騎士服にも見えるそれを、かつてコウヤがカッコいいと言ってから変えていない。

　そして、誰もが惹き寄せられるような微笑みを浮かべているのが、愛と再生の女神であるエリスリリアだ。眩いほどの金の髪は長く、それを緩く三つ編みにして前に垂らしている。コウヤとしては、前世で学んだ編み込みをしてみたいと最近思っている。きっともっと可憐に見せられるだろう。

　金の入った茶色の大きな瞳は好奇心を映し出す。薄いピンクと白のひらひらとした服が、清楚な大人びたものと、可愛らしい少女のような雰囲気を絶妙に混在させていた。

　人々は、三柱の誰を見ても畏敬の念で首を垂れてしまう。今も誰に言われるまでもなく、皆自然に頭を下げていた。

「顔を上げるといい」

ゼストラークの低く落ち着いた声が響き、『喋った』という驚きを感じながらも、ゆっくりと数人ずつ頭を上げていく。そして、深く呼吸した。畏れ多いと感じながらも、真っ直ぐに神達の姿を確認し、目に焼き付けようとする。だが、次第にあることに気付く者が現れる。

「……聖魔神様は……？」

誰もが不思議に思った。現れたのは三柱の神。よく知る三神だ。だが、ここは聖魔教。ベニ達の日頃の教義により、邪神として討たれた魔工神コウルリーヤが、本来四柱目の神と数えられることも分かっている。聖魔神として蘇ったコウルリーヤが、今はその力を取り戻すために地上で人に紛れて生きているというのも知られていた。

だからこそ、この場に来てくれると皆思っていたらしい。邪神としてしまったのが人のわがままからであったと知っているユースールの人々は、それでも戻ってきた優しい神を一目見たいと思っていたのだ。

コウヤは、エリスリリアが自分を見たような気がした。ゼストラークもリクトルスも、コウヤがいる方に意識を向けているのが分かる。ゼストラークは一度軽く伏せるように目を閉じてから口を開いた。

「……まずは、大神官達、そして神子……よくぞこの場を整えた。これほどの聖域は易々と人の身で出来るものではない。正しく徳を積んできたお前達の努力の賜物だ」

「っ……ありがとうございます」

ルディエが嬉しそうに未だに跪いたまま、深く頭を下げた。次にリクトルスが声をかける。

「あなた方の作り上げた聖魔教は我々が願ってきた理想の形です。礼を言いましょう」

「もったいないお言葉」

ベニが答える。

「かつての真実を人々に語ってくれたこともお礼を言うわ。私達の大切なコウルリーヤの正しい姿を思い出させてくれて……ありがとう」

「っ、はい……」

エリスリリアの言葉で、神官達はベニ達も含めて涙を浮かべていた。エリスリリアも泣きそうな顔をしている。コウヤが邪神として人々に討たれてしまったことで、エリスリリア達は深く傷付いていたのだ。それに気付いたコウヤは、大きく深呼吸をして立ち上がる。

《主様？》

「どうされましたか？」

突然立ち上がったコウヤを、テンキ達は不思議そうに見上げ、感動していたジザルスがはっと顔を上げて尋ねる。そんな彼らに視線を向けることなく、コウヤは真っ直ぐにエリスリリア達を見ていた。そして、決意したように一つ頷く。

「これだけ聖域がしっかりしてるし、大丈夫かな。反動（はんどう）はあるだろうけど……このままじゃね」

コウヤは聖域の空気を取り込むように、再び二つ深呼吸をすると、気を引き締めていつもは出ないようにしている神気を一気に高めた。

「コ、コウヤ様⁉」

ジザルスが息を呑む。この教会のお陰で自分の神気も上がっているため、コウヤはできると確信する。

「行ってくる」

そう告げれば、テンキ達は察したらしい。

《はい。ヌシさま》

《無理しちゃダメでしゅよ》

《見せつけるといい♪(・▽・)》

次の瞬間、コウヤの姿がかき消えた。

それに代わるように祭壇の上に光の魂が現れる。ざわざわと動揺する住民達。ゼストラーク達も見上げて、驚いた表情を向ける。そして、ふわりとゼストラークの前に光が舞い降り弾けると、そこに、かつての魔工神コウルリーヤと同じ、二十歳頃の青年の姿となったコウヤが現れたのだ。

コウルリーヤの常の服装は、姿を消せるように術を施した紺色のフード付きのローブだ。野暮ったい感じではなく、装飾にも凝ったもので、ちょっと派手めな占い師的な感じになる。

コウルリーヤとしては、精一杯魔法師をイメージしてこの姿を選択したのだが、それにしては装飾に凝り過ぎたようだ。

現れた時はフードを被った状態だったが、次の瞬間、胸に飛び込んできたエリスリリアを慌てて抱きとめたことで、フードがふわりと外れてその顔が露わになる。

「ううっ～」

「ふふ。遅くなってごめんね、エリィ姉」

「うん、うん……っ」

柔らかく、困ったように微笑んだそのコウルリーヤの表情に、誰もが息を呑んだ。

月と星が照らす夜空のような深い藍色の髪は肩口までしかないが、艶やかでサラサラと揺れている。その頭には銀のサークレット。耳には小さな水晶のイヤリングが輝く。

そして、腕にも細い幾つもの腕輪。それらは全て魔導具だった。心配性なゼストラーク達が、地上で動くコウルリーヤのために用意したものだ。それぞれの加護のかかったもので、三人の愛なのだから、コウルリーヤは喜んで身につける。たとえそれが、更に怪しい占い師風に見えるようになったとしても。

抱き着いたまま離れないエリスリリアに困っていれば、リクトルスが背中から手を回した。

「君は本当に、どうしてそうなのかな」

「ん？」

笑うリクトルスを見上げる。やっぱり今もちょっと身長が足りないなと思うのはやめられない。

「そうだな……無茶をしてはいかんといつも言っているだろうに……」

「ふふ、うん」

いつも通りの苦笑。ゼストラークはコウルリーヤの頭をポンポンと優しく叩いて、呆れた表情になった。それでもそんな表情の中に、会えて嬉しいという感情が見えるのも分かった。

そして、エリスリリアごと、ゼストラークとリクトルスは両側から抱き締めるように腕を回した。しばらくそうして家族の再会を喜んでいると、ルディエがポカンと口を開けているのが見えた。なので、コウルリーヤは来い来いと手招く。

ルディエは呆然としたまま、フラフラと近付いてくる。コウルリーヤはそんなルディエに甘く微笑み、その頭をいつものように撫でた。途端に真っ赤になるルディエにクスクスと笑う。

「ふふ。ねえ、そろそろみんなに挨拶したいな」

エリスリリアの背中をトントンと叩くと、仕方なさそうに三人は腕を解いた。解放されると、ルディエははっとして慌ててその場で膝をつく。コウルリーヤは笑みを浮かべながら一歩踏み出して、そんなルディエの頭に再びポンポンと触れると、その場で人々へ声をかけた。

「まずはお礼を。あなた方が私を信じてくれたから、こうして家族と再会することができました」

柔らかい光を宿す瞳には、コウヤの色が残っていた。これにコウルリーヤ自身は気付いていない。

コウルリーヤとしての瞳の色は、左右で濃淡（のうたん）の違う青だった。だが、かつて薄かった右目は今、コウヤの持つ薄い紫。濃い左目もよく見れば紫紺（しこん）だった。

だからだろうか。人々は陶然（とうぜん）と見惚れながらも、その瞳を見て安心した。どこか懐かしく見慣れた瞳だと心の奥底で感じていたためだ。

「聖魔神となれたのも皆さんのお陰です。それと、大司教をはじめとした神官達……諦めることなく真実を紡（つむ）いでくれたことに心からの感謝を」

ベニ達は言葉もなかった。コウルリーヤの登場で一度は引っ込んだ涙が溢れてくる。そんなベニ達を一人一人見つめてコウルリーヤは笑みを深める。

「人は真実から教訓を得ます。ですが、辛い、悲しい、悔しい、恥ずかしい……そんな耐えなくてはならない思いを隠すために嘘を吐く……それではその人だけの後悔で終わってしまうでしょう」

そこでコウルリーヤはレンスフィート達、領主一家に目を向け、少し寂しげに目を細める。

「権力を持った者は後悔を恥として隠しがちです。多くの国民を率いていくからこそ、失望されたくないと思うのは当然のこと。それでも、時には語る勇気を」

そう告げるコウルリーヤに、レンスフィート達は身を固め、目を離せなくなっていた。

そんな彼らを安心させるように微笑みを戻す。

「歴史を歪めてしまったならば、せめて未来にその真実を伝えてください。それを活かせるように。経験したことは消えることはない。だから、その一度は恥とした経験も大切な一つとして欲しい」

グッと何かを決意するように、レンスフィートとその息子ヘルヴェルスの手が握られたのが見えた。

お腹の大きくなったヘルヴェルスの妻、フェルトアルスも、片手でお腹を撫でながら真っ直ぐに見つめてくる。その隣に座るヘルヴェルスの幼い息子、ティルヴィスも真面目な顔をして畏まっていた。

彼らに言葉が届いたと感じたコウルリーヤは、一度目を閉じる。そして、今度はその後ろにいる人々へと目線を上げた。

「やり直せない過ちなどありません。大切な時に諦めなくていいように、日々を生きてください。ここにいる多くの方はやり直せることを知っている……絶望の先にも道があるのだと知っているでしょう。その経験を全て糧として、同じように苦しむ者が目の前に現れた時には、手を差し伸べてください。そうして人々が少しずつ繋がって紡いでいく未来を、私は見てみたい……」

初めて伝えられた。煩いと突っぱねられることもなく、誰もが真っ直ぐな視線を向けて手を握りしめる。その光景を望んでいた。コウルリーヤは最後にふわりと笑みを深め、目を閉じると光となって消えていく。それに続くようにゼストラーク達も光に包まれた。

だが、消える直前に厳かな言葉が響いた。

「『聖魔教』をこの世界の神教として認める」

その言葉と同時に、祭壇の上の壁に掲げられている大きな四円柱に、それぞれの神気が宿る。

茶金色、優しい色合いの赤、若葉のような緑、そして、深海に差し込む光のような青。

一つ一つの輪がそれぞれの色に染まり、淡く輝きを放つ。神が認めたという証だ。神が見離さない限り、永遠に光を宿し続ける。

現在、どの教会もこの光は与えられてはいない。唯一、神が認める神教であると認められたのだ。人々は驚きと感動に息を詰まらせ、神々の消えた祭壇と共にそれを見つめた。

どれだけ経っただろう。次第にざわざわと元の様子を取り戻していく。
「これにて儀式は終了いたしました。今一度四神に祈りを」
ベニの声で、人々は自然に手を組み、祭壇に祈りを捧げた。その後も人々はそれぞれが思い思いに何度も祈って、ゆったりとした足取りで聖堂から退出して行く。誰に教えられるでもなく、誰もが一度は振り返って礼をしてから立ち去っていく様子には、神官達も驚いていた。
そんな中、バルコニーに戻って来たコウヤはというと、ジザルスや眷属達を大混乱させていた。
「あ〜、はは。やっぱり、はんどうはあったみたい?」
「っ、コウヤさま……っ、ど、どうすれば……っ」
《主……これはさすがに……》
《びっくりでしゅよ……》
《でも可愛いから許すd(^_^o)》
大きくなった反動。三歳児くらいの幼い姿になったコウヤが、そこで笑っていたのだった。

◆
◆
◆

次の日、コウヤはサーナに抱きかかえられてギルドに出勤した。混み合う直前ということで、それなりに人はいるが、それはそれで説明できていいなと軽い気持ちだ。

「おはようございます！」

《お疲れ様です》

《おはようでしゅ》

《出勤(￣^￣)ゞ》

パックン達も一緒だ。

「へ？」

「は？」

「えぇぇぇぇぇっ!?」

職員と冒険者達が目を見開いて動きを止め、困惑の声を上げる。

叫び声を聞いて、タリスが執務室から下りてきた。

「うわあっ。ホントにちっちゃくなってる！　これ冒険者の中に置いといて大丈夫かなあ」

心配するタリスにコウヤはにっこりと笑いかける。

「あ、マスター！　おはようございます。ちゃんとおしごとできますよ？　きょうかいのくんれんじょうで、からだもうごかせるのをかくにんしてきました」

「うん。体だけちっさくなったんだね。でも怖くない？」

「だいじょうぶです！　せつめいがきもつくってきたんですよ！」

コウヤが言うと、パックンが板を出して、コウヤがいつも座る受付の横に立てかけた。

『小さくなっていますがコウヤ本人です。（過剰なお触りは厳禁）』

それを反射的に、この場にいた職員と冒険者達が確認する。わざわざ職員達は回り込んできた。因みに、カッコ書きは太字。そこから威圧を感じてしまうほど、気持ちが入った文字だった。

職員や冒険者達が説明書きを何度か読んで目に焼き付けると、コウヤを一斉に振り返った。

「ん？」

どうしたのかと問いかけるように、コウヤはコテンと首を傾げてみせる。それがツボだったらしい。

「ッ、か、可愛いい……っ、ちょっ、早いとこカウンターの中に入れっ」

「そうそうっ。連れ去られちゃう！　ってか、子どもってこんな可愛いの!?」

「バカやろう！　コウヤだからに決まってんだろ！」

混乱しながらも、なぜかコウヤであることは受け入れたようだ。

サーナはあまり周りを気にすることなく、コウヤを抱えて受付内に入り、コウヤをいつもの受付の席へ座らせる。テンキが仕事中と分かる腕章を取りに行ってくれた。そこへ近付いてきていたタリスが期待のこもった様子でお願いしてくる。

「コウヤちゃんっ。是非！　『おじいちゃん』って呼んでみてくれない？」

「んっと……おじいちゃん？」

「っ!!　何コレ！　めちゃくちゃイイ！」

興奮するタリス。そこで、コウヤは、奥の通路の入り口で何かを持っているサブギルドマスターのエルテに気付く。目の端に映った彼女は、口元を押さえて紙を広げていた。コウヤはそれを何気なく読み上げる。

「おじいちゃん、きょうもおしごとがんばってね？」

「っ、っ、っ!?　おじいちゃんっ、頑張っちゃうよ!!」

そして、タリスは謎のやる気を漲らせて階段を駆け上っていった。

悶えながら親指を立てるエルテへ目を向け、コウヤは期待に応えられたようだとふわりと微笑んだ。その瞬間、エルテが悶えながら崩れ落ちたので気になったが、サーナが口を開いたため、視界から外れる。

「我々への神からのご褒美で、このようなお姿になりましたが、コウヤ様はコウヤ様です。失礼のないよう、お願いいたします」

「「「承知しました！」」」

誰もが姿勢を正して良い返事をする。彼らは、サーナ達神官の強さや人柄を尊敬していた。

「では、コウヤ様。昼食と迎えはジザルスが参ります。ご無理はなさいませんように」

「はい。ありがとうございましたサーナさん」

サーナは笑顔で帰っていった。

「さあ、おしごと、おしごと♪」

コウヤはいつも通り、仕事を始める。ちょっと手が届かなくても、魔法で取れるし、受付の忙しい時間帯は、テンキも教官としての仕事はないので、傍で手伝ってくれた。

「へ⁉　コ、コウヤ⁉　大丈夫か⁉　変な呪いの魔導具とかに当たったんじゃ……っ」

その後やって来た者達は、コウヤであることは疑わないが、その原因を心配してくれる。

《大司教達へのご褒美です》

「……なるほど」

テンキが一言告げるだけで誰もが納得した。

「それにしても、あの超絶美人な三姉妹があのばあさん達だったのか……すげえな、神さま……」

《大司教達はあのままですが、ヌシさまは数日で戻ります。ご心配なく》

「えっ、戻っちまうのか？　わ、分かった。みんなにも言っとくか……」

冒険者の質問にも答えるテンキ。これらの質問、なぜかほとんど重複しない。聞いた冒険者達がしっかり喧伝してくれているからだ。こういう連携が上手くいくのがユースールらしい。

「おまたせしました！　とうろくかんりょうです。おきをつけて」

「おう。今日は早く帰るぜ」

「いってらしゃい」

「っ～……いつものも良いが、コレは……っ」

照れたのか、冒険者はその顔を隠しながらパーティメンバーと出ていった。待っていたパーティメンバーも顔を赤くしていたのには、コウヤは気付かなかった。どんな姿だろうとコウヤは変わらない。

「おきをつけて。いってらっしゃい」

これからも、いつでもコウヤは冒険者ギルド職員として元気に働いていくのだ。

あとがき

この度は、文庫版『元邪神って本当ですか⁉ 4 ～万能ギルド職員の業務日誌～』を手に取っていただき、誠にありがとうございます。

ついに本作もクライマックスを迎えました。最終巻ということで、様々な要素を盛り込んだため、目まぐるしくストーリーが展開する内容となりましたが、いかがでしたでしょうか。作者としては、二冊分のボリュームを一冊に纏めたような達成感を感じています。

特に、聖魔神としてコウルリーヤが降臨(こうりん)した場面には力を入れました。コウヤとエリスリリア達が再会の喜びを分かち合ったように、読者の皆様にも彼らの想いが伝われば幸いです。

さて、本作をお読みになってこられた方々はご存知の通り、この作品では、神様が人々の身近な存在として描かれています。しかし、たとえ神様という万能に近い存在であっても、自身の考え方や思いを人々に上手く伝えるのは容易ではありません。そのようなもどかしさは、ファンタジーではない現実世界でも頻繁に起こりうる問題です。

例えば、私自身も言いたいことを言葉に出したり、文字に置き換えたりしても、相手の理解が得られず想定外の誤解(ごかい)を招いたり、真意が伝わらなかったりすることがあります。

多種多様な情報が錯綜し、様々な情報伝達の媒体が溢れる現代だからこそ、そういった「誰かに何かを伝えること」に対する悩みを抱えた人達は少なくないのではないでしょうか。

その点でいうと、本というものは常に読者の自発性が求められる媒体です。本自体は受け身のものなので、書店で発売されていたとしても、その本を読みたいと思う読者が身銭を切って購入しなければ内容を知ることはできません。つまり、本を読む人の身体には、その本に書かれた情報を理解したいという欲求が備わっているのです。この情報を受け入れる態勢が整っているか、いないかでは理解力に大きな違いが生じます。

そういう意味で本とは、一方通行ではない双方の関係の相互性があって、初めて成立しうる媒体だと思います。誰かに伝えたい思いを、その場限りではなく、いつか読み手が受け入れる姿勢が整うまで待つことができるもの。本に関わる仕事をする中で、私が実感したのは、このような本というものの有能さ、素晴らしさでした。もちろん、読み手のその時の考え方次第では、作者の意図とは違った解釈をすることもありえます。十年後、二十年後には別の感想が得られるかもしれません。ただ、そこもまた本の魅力の一つではないでしょうか。

読者の皆様がこの作品で、本の魅力に気づいていただければ、これ以上の喜びはありません。それでは、またいつか出会える日を願って。

二〇二三年九月　紫南

ネットで人気爆発作品が続々文庫化！

アルファライト文庫 ALPHAPOLIS ライト 大好評発売中!!

転生して付与された〈錬金術師〉〈支援魔術師〉は異世界最弱職!? でも待てよ、この職業……育成次第で最強になれるかも!?

不遇職とバカにされましたが、実際はそれほど悪くありません？ 1～2

カタナヅキ KATANADUKI　illustration しゅがお

もふもふを仲間にし、オリジナル技を考案!
不遇職の俺、意外と異世界生活を満喫中!?

0歳の赤ちゃんの状態で異世界転生することになった青年、レイト。王家の跡取りとして生を受けた彼だったが、生まれながらにして持っていた職業「支援魔術師」「錬金術師」が異世界最弱の不遇職だったため、追放されることになってしまう。そんな逆境にもめげず、鍛錬を重ねる日々を送る中で、彼はある事実に気付く……。最弱職からの異世界逆転ファンタジー、待望の文庫化！

文庫判　各定価：671円（10%税込）

アルファライト文庫

この作品に対する皆様のご意見・ご感想をお待ちしております。

おハガキ・お手紙は以下の宛先にお送りください。

【宛先】

〒150-6008 東京都渋谷区恵比寿 4-20-3 恵比寿ｶﾞｰﾃﾞﾝﾌﾟﾚｲｽﾀﾜｰ 8F
(株) アルファポリス　書籍感想係

メールフォームでのご意見・ご感想は右のＱＲコードから、
あるいは以下のワードで検索をかけてください。

ご感想はこちらから

本書は、2022 年 5 月当社より単行本として
刊行されたものを文庫化したものです。

元邪神って本当ですか!? 4
~万能ギルド職員の業務日誌~

紫南（しなん）

2023年 9月 30日初版発行

文庫編集－中野大樹／宮田可南子
編集長－太田鉄平
発行者－梶本雄介
発行所－株式会社アルファポリス
〒150-6008東京都渋谷区恵比寿4-20-3恵比寿ガーデンプレイスタワー8F
TEL 03-6277-1601（営業） 03-6277-1602（編集）
URL https://www.alphapolis.co.jp/
発売元－株式会社星雲社（共同出版社・流通責任出版社）
〒112-0005東京都文京区水道1-3-30
TEL 03-3868-3275
装丁・本文イラスト－riritto
文庫デザイン―AFTERGLOW
（レーベルフォーマットデザイン－ansyyqdesign）
印刷－中央精版印刷株式会社

価格はカバーに表示されてあります。

落丁乱丁の場合はアルファポリスまでご連絡ください。

送料は小社負担でお取り替えします。


ISBN978-4-434-32613-4 C0193